读者 DUZHE YUEDU 悦读

人不留客火留客

文明乡风篇

胡亚权 主编　　蒲安应 编　　《读者》(乡土人文版)杂志社 供稿

读者出版传媒股份有限公司
甘肃教育出版社

图书在版编目（C I P）数据

人不留客火留客 / 胡亚权主编 ; 蒲安应编. -- 兰州 : 甘肃教育出版社, 2020.3(2022.4重印)
（乡村文化振兴丛书）
ISBN 978-7-5423-4839-5

Ⅰ. ①人… Ⅱ. ①胡… ②蒲… Ⅲ. ①故事-作品集-中国-当代 Ⅳ. ①I247.81

中国版本图书馆CIP数据核字(2019)第285294号

人不留客火留客

胡亚权　主编　　蒲安应　编

策　　划　王光辉　薛英昭　封面插图　李自健　封面设计　郑　屹
责任编辑　伏文东　　　　　插图作者　李自健　内文设计　周佩玲

出　版　甘肃教育出版社
社　址　兰州市读者大道568号　730030
网　址　www.gseph.cn　　E-mail　gseph@duzhe.cn
电　话　0931-8773145（编辑部）　0931-8435009（发行部）
传　真　0931-8773056
淘宝官方旗舰店　http://shop111038270.taobao.com

发　行　甘肃教育出版社　印　刷　甘肃春宇印务有限公司
开　本　880毫米×1230毫米　1/32　印　张　5　插　页　6　字　数　150千
版　次　2020年3月第1版
印　次　2022年4月第3次印刷
书　号　ISBN 978-7-5423-4839-5　定　价　25.80元

图书若有破损、缺页可随时与印厂联系：0931-7672266

◀ 守望

▲湿地上的童年

▲天地之间

▲啄食

▶午餐

▲听泉

▼儿时·鹭洲

▶山乡之晨

▲秋婷

▲远飞的大雁

李自健简介

著名画家，李自健美术馆馆长。

1954年生于湖南邵阳，1982年毕业于广州美术学院油画系。20多年来，李自健先生通过现实主义油画艺术在全球弘扬中华优秀文化，已在30多个国家和地区举办过70多场大型巡回展。

2018年3月，于法国巴黎，荣获“联合国全球公益联盟文学（艺术）骑士勋章”最高奖——金质勋章。

2006年，于国际和平论坛，荣获“国际和平特别贡献奖章”。

2005年，于比利时，荣获欧洲拜占庭“圣·约翰骑士勋章”，并被册封为爵士。

2016年10月，李自健夫妇于湖南长沙投资建成的“李自健美术馆”，经世界纪录认证机构（WRCA）权威认证，该馆系“全球最大的艺术家个人美术馆”，李自健先生任终身馆长。

目录

目录

1

行走在爱的路上

乔土

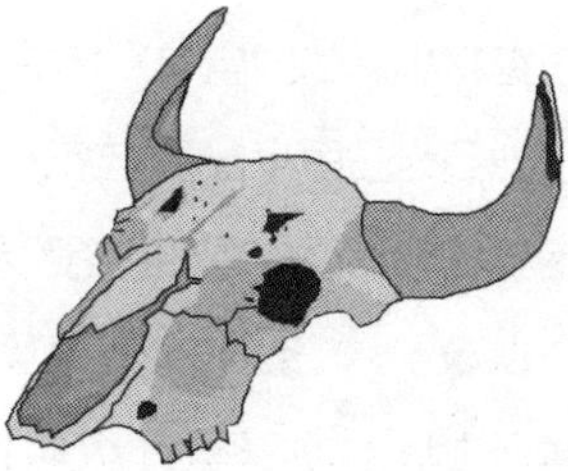

那个叫作“赵家峪”的村子实在是太小了，女孩趴在地图上找了好长时间才确定了它的大体位置。之所以说是大体位置，因为她只能确定赵家峪所在的那个县城的位置，她在那个县城的名字上用铅笔画了一个圈。洪磊说过，那个叫“赵家峪”的村子离县城还有很远的一段路。她开始收拾行囊，她先把一些书放进包里，又把一个厚厚的信封塞进去，然后开始了她的行程。

这是一次长途旅行，女孩坐了12个小时的火车，又坐了5个小时的汽车，终于来到了她在地图上画圈的那个县城。下了车，女孩向人打听赵家峪所在的位置，又打听去赵家峪的车。结果令她大失所望，赵家峪距县城还有100多里的路程，那个地方不通汽车。最后，一个摩的司机答应送她一程。

摩托车在路上颠簸着，犹如一叶在风浪中起伏的小舟。女孩从来没有在这样的路上走过，她被颠得几乎五脏俱乱，但她强忍着，因为她不想为此耽搁时间。

两个多小时后，摩的在颠簸的山路上停了下来。摩的司机告诉她，剩下的路只有靠她自己走了，因为前面已经没有路了。走过去，再翻过前面那座山，再往前走大约1个小时，就应该是赵家峪了。

女孩抬头望望，一条羊肠小道

蜿蜒通向山里，消失在密林中。女孩背起背包走了几步，转身对怔怔地看着她的摩的司机说：“明天这个时候，你还在这里等我。”

女孩在山中沿着崎岖的山路走了将近两个小时，没见到一个人，当她正为此着急的时候，一座村落出现在她的眼前。那个村落就窝在大山的深处，安详而宁静。几只在村头游荡的老狗发现了她，大声地叫着。

在村中的几间老房子里，女孩见到了赵小娟。赵小娟正在一块涂黑了的木板上写“人、口、大”几个字，孩子们的面前是几张破桌椅。见女孩进来，赵小娟和孩子们都将疑惑的目光转向了她。村子里难得见到一个外人，何况还是个漂亮的城里姑娘。

“是洪磊叫我来的。”她说。

听见洪磊的名字，赵小娟和孩子们都欢快起来，脸上充满了幸福的表情。这表情，让女孩有些嫉妒。

“洪磊……他有事来不了，让我代表他来看看你们。”赵小娟和孩子们都不出声了，失望之情挂在脸上。

“噢？看来我不受欢迎呀！”女孩故意制造出一种调皮的气氛来，赵小娟和孩子们这才从失望里走出来，上前围住了她。

村里难得来贵客，村民们争着拉她去家里做客。晚上，她就和赵小娟睡在了一铺炕上。赵小娟是一个腿有残疾的女孩子，她在村里的主要工作就是教那些孩子读书，她已经在这里教了 10 年书了。自从那次她接受采访、事迹上了报纸后，她和那些孩子们每学期都会收到一个署名“洪磊”的汇款单。有了这些汇款，她和村里的孩子们也能像山外面的孩子一样读书写字了。一个月前，洪磊在给赵小娟的回信中，爽快地答应了她到村子里来做客的邀请。村里的孩子们和赵小娟一直期盼着。

夜深了，女孩却没有一点睡意，她躺在土炕上，眼睛望着窗外。山里的夜晚出奇的安静，静得让她听到了月光洒下的声音。

第二天一早，她要回城了。她把包里的书本拿了出来，又拿出了那个厚厚的信封，里面有两万块钱，她把所有能留下的东西都留下了。她谢绝了赵小娟和孩子们送给她的东西，说：“太沉了，我拿不动。”她也谢绝了村里人的相送，她说：“我还会再来的。”然后，她一个人背着空空的书包上路了。这次，她走了一个多小时就出了山，那个摩的司机真的在那儿等着她。她坐上摩的，两个小时后到了县城，又坐了 5 个小时的汽车，然后又坐了 12 个小时的火车，回到了她所在的城市。

回到家里，她对着洪磊的照片说：“我去过赵家峪了，那儿真的很美。”

一个月前，洪磊对她说：“我们去旅行结婚吧。”“好啊！”她兴奋地说，“去普吉岛呢，还是去巴黎？”“去赵家峪吧。”洪磊说，“那是一个美丽的地方，省下的钱还能供孩子们上学。”

半个月前，洪磊去世了，因为一场交通事故。

昨天，本来是他们的大喜之日。

3

娘留字

茨园

“我是你妈。”手机上忽然出现这样一条 4 字短信时，我正在出差。看着陌生号码和莫名其妙的文字，我想是谁发错了，并没在意，随手删了。谁知 10 多分钟后，这个号码打来了电话，一接，就听老娘张口即道："咋不给我回信呢？"我不由得一愣，接着就哈哈地笑了："妈呀，哪有你这样发短信的啊！"

这是我老娘第一次拥有手机，第一次给我发短信。是时，她正在医院进行第7次化疗。接着，就听她又说："那你说该咋发？"尽管好笑，但我无话可接，她是我娘，她可以这么发的，只是太突然、太霸气了。

老娘与疾病抗争近9年，仅化疗就做了不下30次。那些日子，隔不了多久她就得去医院住上十天半月，后来，能够扎针的血管让老护士也颇感为难，那份遭罪可想而知。住院毕竟不是愉快的事儿，看着老娘无聊，小弟便给她买了一部手机。

随后的日子，老娘发短信的水平逐步提高，反正闲着也是闲着，而且她也深知短信比电话省钱，没事儿就给儿子、弟弟、老公发发短信。不知舅舅和老爸如何想，但我们弟兄三人常有些哭笑不得。你正忙着，忽然老娘的短信来了，心知肚明她那是闲得无聊的"骚扰"，却又不敢不回，所以，我们仨常开她的玩笑。记得有一次，我发现她发的短信中有两个错别字和几个她从我儿子那里学来的"网络用语"，我憋着乐，"严肃"地来了一条："老童鞋，错别字太多，要加强学习呀！"而她，还是理直气壮地这样回了一条："混蛋，我是你妈！"

有一年夏天，父亲进京做手术，老娘的短信更是接二连三。父亲做手术的那天晚上，我和小弟及我儿子值守，几乎每隔不到半小时就会收到老娘的短信，我知道那是她含着担忧的牵挂，但又真有些受不了，便给她回了这样一条短信："妈，你睡吧，有啥事儿我们会及时跟你说的。"可能是老娘也觉出我们烦了，便没再回信。父亲手术后24小时昏睡在重症监护室，那地方不让家属进，心里忐忑，却也只能焦急地等着。这一点，一早就给老娘说好的，谁知半夜3点多，她又发来这样一条短信："孩子们，我知道你们一晚上都不会合眼的，为了你们的爸爸，辛苦了！"我把这条信息给小弟看时，我俩相视无语。

近几年，我的手机换了三次，每次换机，我都会小心翼翼地从旧手机中拷贝一条联系人为“MM”的短信。这条短信是老娘在我手机里留下的唯一一条短信：“下午忙不？找刘大夫调药。”这是老娘卧病在床第9个年头最后一次留下的短信。那些天，她一直咯血，拉她再去住院，却被大夫告知：“已无再住的必要，需要急诊时再来。”暗含之意不言自明。那些天，尽管我们极力隐瞒，但闻讯赶来的亲戚仍走马灯似的来看她。她不说，但我从她已木然的眼神中知道她什么都清楚。若干天后的一个凌晨，老娘走了，就在我身边，很安详。

尘世本不该让老娘再有牵挂。但老娘逝去已近3年，我家电视机的右上角还贴着一片白纸，纸上有老娘留下的字——4点吃药。这字，是老娘为提醒父亲每天下午4点按时吃药留下的。这巴掌大的纸片，被父亲用透明胶布很仔细地封在电视机的右上角。药，80岁的父亲一天也没忘按时吃。

5

母亲的盛事

宋利萍

母亲老了，最盼望的事情是孩子回家。

母亲年轻时最快乐的事情，则是回娘家。

姥姥家是大家庭，姥姥姥爷早已离世，3个舅舅极是念亲，每年大年初六必隆重地派孩子们走 10 多里山路，接他们的姑奶回家。村里能享受母亲这样待遇的人极少。

虽然已有一群孩子了，母亲郑重的神情还像是少女，脸上挂着一点骄傲和一点羞怯。这一年的光景受苦受累受埋怨，侍奉老的侍弄小的，今日的母亲也扬眉吐气了。而且父亲不能阻拦，还要笑脸迎送亲戚。一家人早早起来吃饭收拾，扫净庭院，再准备十几口人的丰盛午饭。之后，母亲仔细地烧水、洗头、洗脸，请求父亲用剪刀为其修理黑亮的短发，脸上涂抹平时不用的雪花膏。

接母亲时一般来 4 个人，俩哥俩姐，十八九岁，年轻有朝气。午饭后起程，母亲换上干净的蓝布衣，围上灰格围巾，粉白的脸在阳光下素雅美丽。母亲通常带上“老丫头”和“老小子”一同回娘家。出家门遇上邻居，羡慕地问：“二嫂子又回娘家了？”母亲骄傲地答应着。

途中路过一座山梁和两三个村庄，有少妇当街盘腿而坐，敞怀喂奶。马路上也有一拨拨串亲戚的人，喜气祥和。母亲一高兴，唱起了黄梅戏“树上的鸟儿成双对，绿水青山带笑颜”。

大姨嫁在同一个村，接上大姨又聚了一拨人。姐俩并排走着，像被簇拥的公主，也像逛大观园，走一处热闹一处。在家做女儿时也未必有多少人宠爱，一旦嫁人提升为姑奶，要大派儿二派儿地高坐上桌接受款待。回到娘家，母亲和大姨稳稳当当地端坐在大炕上，上红糖水、热茶、花生、瓜子、糖块，我的亲舅妈和叔伯舅妈们围坐过来，嘘寒问暖拉家常。大姨泼辣能干，说话高声大嗓，在哪里都是中心，谁有错处也张嘴就训，大家也不恼。母亲则是温顺女儿家，慢声细语。地上的半大男孩女孩们挤着笑着，院子里还有更小的孩子们淘气。

吃饭很讲究。四方大木桌摆满菜碟，必先上一碗米汤润胃。女人只喝一小盅白酒，男人可猜拳行令，好不热闹。孩子们不能上桌，锅台前胡乱扒拉一碗饭便玩去了。女孩子围上花布单长围巾，拿各色铜丝拧成花朵链子，戴在头上扮成青蛇白蛇；男孩子就演法海，被二仙打来撵去，哇哇乱叫。

神仙日子也不能多住，轮过各家吃饭，话都说透了，母亲也就启程回家了。照例是一群孩子护送母亲。我家已是 8 口人，再来六七个孩子，那种热闹嘈杂难以言说。晚上带动一村的孩子前街后街疯，围坐在大碾盘周围轮番讲故事、唱歌演戏。整个村庄仿佛都是我们一家人的了。

母亲笑吟吟地看着娃娃们闹腾，好静的父亲也满脸笑意。他知道这是回娘家的最后一幕，待孩子们玩够撤离了，母亲就会安定下来，放下骄傲满足的心。如果父亲表露不满，就是对母亲娘家的亵渎，母亲必定要奋起维护自己的尊严。

有一年的大年初四，饭桌上母亲同父亲吵起了架。大概父亲对饭菜挑剔过头，母亲实在忍不住，说了一句要命的话："一到年节就爱找碴，挣不来还挑个没完。"父亲恼了，一茶杯打在母亲的额头上，流血了。母亲也愤怒异常，推门要走。我们拼命拽住母亲哀求，哥哥闩上门。初六早晨，娘家来人接母亲。母亲的额头青肿着，父亲声低话软了，为母亲仔细涂药，还特意撩下一绺头发盖住伤疤。父亲从来不承认自己的错处，有这样的行动，母亲已经知足，照样高高兴兴迎客吃饭回娘家，眉头都不皱一下。父亲和我们都感激母亲的宽容。母亲不会让任何事情阻碍一年中她最开心的日子。

舅家的两个大姐出嫁了，两个哥哥娶媳妇了，第二梯队二哥二姐领衔来接母亲。说话间，第三梯队又长大了。母亲年年上演回娘家的辉煌光景。但母亲回娘家的路还是渐渐荒凉了。老人们渐渐故去，孩子们四处为家。父亲去世后，母亲一晃也多年不曾回娘家了，但她的心里其实还惦记着回娘家。初六这天，母亲还同过去一样郑重地收拾打扮好，等待娘家来人，哪怕是小孩子来问候，她也要热情地招待一番。

后来，娘家来看望母亲的人开始慢慢变少了。但母亲旧情难忘，从大年初二开始就念叨，准备酒菜，清扫院子，每天满怀希望地等着，听到有摩托车声立刻到门外看。摩托车开到前面的村庄去了。我陪母亲过年，真怕母亲因空等而黯然神伤，就提前打预防针："当年接你的哥哥姐姐们都有孩子甚至当爷爷奶奶了，年轻人初三四就开始上班了，不行咱们自己回娘家。"

母亲果然极高兴。我们三姐妹恰好都在老家过年，回娘家的女儿陪母亲一起回母亲的娘家了！

还是走山路。村庄、河流依然是从前的模样。一家家串着，虽然老人多故去了，孩子辈们还是抢着请母亲吃饭，那股子亲热劲儿丝毫不减。

母亲偷着抹眼泪，她实在找不回当年的快乐了。母亲回娘家时的排场，它是漫长生活中最欢腾的浪花，停留在过去的年代。

不回娘家了，母亲有更多的时间修理老院。墙边一大丛蔷薇花从五月一直开到夏末，满院的香艳。有年看不见了，母亲说蹿得太快欺负旁边的枣树，砍了。李子树也被砍了，说院内不栽李；樱桃树也被砍了，说樱桃树霸占土气影响蔬菜生长；杏树的一半枝子横到墙外胡同，红花黄杏闹春热夏，她怕孩子们扒墙头祸害，凡出墙的枝条也都被砍了。

母亲当年的大家庭人员越来越少了，因为有不得已的烦恼，只得委屈那些植物了。

我带母亲去逛商场，拉她上电梯，提醒她："露出黄边就迈脚。"母亲一紧张，一脚踩在线上，向后倒去。我扔了袋子拽住母亲，吓出一身冷汗。

那一刻，足抵几十年光景。母亲仿佛一下子由盛装回娘家的少妇变成了行动迟缓的老婆婆。一种强烈的无能为力感袭击了我，我真想抱住母亲大哭。母亲讪讪地说："我忒笨。"我笑着安慰："以后咱走楼梯，慢点安全。"

我攥紧母亲的手，眼前全是过去的母亲：她梳着长长的麻花辫站在父亲的身后微笑；她唱着歌穿过金黄的田野走在回娘家的路上，像公主一样被大家簇拥着。

如今想来，母亲的回娘家就是一出锣鼓喧天的戏文，一出只在家族内定期上演的大戏，它能借助过年这一喜乐的形式，让人轻而易举地忘掉这一年的许多磕磕碰碰，转而获得力量，对新的年景充满企盼。

你是上天送给我的哥哥

宿淇

我的村庄，苜蓿花一夜之间绽放，匆匆赶路的南风被染成紫色。

我在苜蓿地旁的坡上放驴，玩刚编好的蚂蚱笼。你跟着一个叔叔沿苜蓿地旁的小路轻快地走来。你皮肤白皙，穿着蓝白相间的格子衬衣，左手上的坦克玩具在阳光下闪闪发光。

那是第一次见你时的情景，我7岁，你11岁。

你被眼前的苜蓿花海吸引，像猴子似的窜到我面前："我想用坦克换你的玩具。"

我满心欢喜地答应。接过你的坦克时，我心跳不已。我担心你换了一个不好玩的笼子，你爸爸会不会打你。

我不知道你从哪里来，却见你和你的爸爸四平八稳地坐在我家的炕上。

妈妈在厨房里做拉面。我问她："来的是什么人？"只有过年才能享用的丰盛晚餐突然降临在这个8月的黄昏，我想你们一定非同寻常。

妈妈说："老的是你爸爸，小的你应该喊他哥哥。"

我的手不由得一松，坦克碎了一地。"我不要他们，他不是我爸爸，我没有爸爸！"我从没在妈妈跟前吵嚷过。你和你爸爸，听见了我的歇斯底里。

吃饭时，我忍不住偷眼看你爸

爸,他和蔼慈祥,头有点秃。我突然想起在妈妈陪嫁的大红箱子里,见过他和妈妈相依的照片。

原来，你们是来接我去城里读书的。不管你爸爸怎么套近乎,我都拒不相认。自私懦弱的他,想以给我光明的前景为幌子，补偿亏欠妈妈的情债。我像一只发怒的小兽,把你们当作敌人。

睡前，你凑到我的耳边，悄悄说:“到城里去,打架都有帮手。”我冷笑,我才不是打架的坏孩子。

第二天,你和你爸爸离开时,我还在睡梦中。醒来时,发现枕头下压着 20 元钱，一张纸片上整齐地写着:“弟弟，苜蓿花落时，我再来看你。”末尾写着你的名字:张笑。突然有一种幻觉,那张笑意盈盈的脸,仿佛就在眼前。

苜蓿花开过时,你真的来了,还带了书本和零食。看来要住上一阵子。妈妈对你很好，做了丰盛的晚餐,铺上很少用过的褥子。你说是来帮我们收洋芋的。我没好声气:“你们城里人,知道洋芋在哪头收？”

不想你动了真格的，挥动沉重的镢头刨地，豌豆大的汗珠从额头滚落。妈妈劝你休息,你不肯。你手上磨起的血泡被挤破，疼得直皱眉头,就是不肯停下手中的活。

有了你的帮忙，我们的洋芋总算在别人家的前面收完。乡亲们个个夸你,说我有你这样的哥哥,真是前世修来的福。我扬起头,假装没听见。其实,那颗合上的心,正被你的温情感化。

有一天,我和你拉架子车下坡,车速越来越快，我们就快控制不住了。眼看就要双双被压在装满洋芋的架子车底下,你突然松开车把,用力把我推出去，你却被死死地压在车下。还好,车子撞上一棵老柳树,没有酿成大祸。

你的额头被擦伤,血流不止。你安静地躺在诊所的小床上，双眼紧闭,表情从容。妈妈不停地流眼泪,将熬好的小米粥,一点点喂给你。

看着滴滴透明的液体流进你的血管，我的声音颤抖着，小心地问你:“疼不疼？”你的眼睛马上睁开:“弟弟,你终于关心我了！”

我的鼻子一酸:“我只是问你疼

不疼。你为什么要救我？”

“因为我是你的哥哥！”

后来，我考到了你所在的城市。你已高出我一大截，跟电视剧里的男主角一样帅气。你接过行李后，高兴地说：“‘兄弟同心，其利断金’。我们哥儿俩终于在一起了。”

我淡淡地笑笑，力图掩饰内心的感动。

你爸爸就站在旁边，一直微笑着，眼睛里闪着欣喜和激动。我不愿和他说一句话。报名、找宿舍等一切琐事，你一一帮我办理。

从我记事起，你爸爸就给我和妈妈寄钱。我们从没用过。我发过誓，要靠自己的本事和你站在一起。但在大二上半年，我主动向你借钱。你把它当成很开心的事，爽快地答应，也不问钱的用途。

我喜欢上一个女孩，给她买礼物，带她看电影，以城市男孩追女生的方式追求她。直到有一天，我在校园外的林子里，看到她踮起脚跟，亲吻另一个男孩。我的世界瞬间塌陷，仿佛被所有的人遗弃。

灌了一瓶白酒后，我醉倒在小树林里。醒来时，看到你在眼前晃动，而我躺在一间精致温暖的房间里，蓝色墙壁，白色书柜，原木色的门上写有漂亮的字：张翔的窝。

这不是在做梦吧？我试着坐起来，你爸爸赶紧扶我躺下：“翔儿，好好休息，过了这一关，你就长大了。”

原来，一切你们都知道，那一刻，我无地自容。

一位阿姨摇着轮椅，缓缓过来。她装扮优雅，面带微笑。她是你的妈妈。

22 年前，我的妈妈身怀有孕，突然患了一场重病。医生告诉爸爸，要想保住大人和孩子，必须做手术。然而，两万元的手术费让爸爸束手无策，医生给了他两个月的准备期。爸爸将妈妈安顿给奶奶后，跑到银川的煤矿下井挣钱。

有一天夜里，爸爸碰到一伙歹徒对一个女孩子施暴。爸爸立即冲上去，他力气大，手上还有铲煤的铁锹，几下就将歹徒驱散。

爸爸扶着惊慌失措的女孩往矿区走，突然，马达轰鸣，歹徒飞车冲向爸爸。没等爸爸明白过来，身边的女孩使出全身力气将爸爸推了出去，而她却倒在了摩托车的轮子下。

女孩的一条腿受伤了。爸爸抱着她，发疯似的冲进医院……爸爸的大脑一片空白，冥冥中他觉得已离不开这个女孩，他要照顾她一辈子。

爸爸揣着挖煤挣的钱回到家乡时，妈妈已经做完手术并成功出院。爸爸读过高中，有写日记的习惯，他在医院里守护女孩时，不经意被对方读走他的秘密。

她以煤矿的名义，寄了一张两万元的汇款单到家乡的医院。那个女孩就是你的妈妈，那时她带着3岁的你在矿上做活。你的亲生爸爸因为一场瓦斯事故，被埋在煤井里。

我出生后的第10个月，爸爸给了妈妈一笔钱后，和妈妈离了婚，结束了长达20多年的娃娃亲。爸爸和你的妈妈相爱了，他们的爱情就像野菊花，扎根在9月的黄土坡。

你说："爸爸很爱你，对你的妈妈，也常怀感念。爸爸并没有丢掉他作为一个男人的责任。弟弟，请你认他，好吗？"

我在内心里已改口称你的爸爸为爸爸了。其实，他并不是你真正的爸爸。而要我认他——那个小时候吵着嚷着让妈妈找的人，需要过程。不知你是否知道，没有爸爸的童年是残缺的。因此，那些可怜的自尊和敏感，总在挟持我的心，我总是小心翼翼的样子。

大学毕业后，你进入国家电网工作，我成为一名电视台的记者。3年后，我们都在这座城市里买了房和车。夏天，我们驾车回到家乡，那片苜蓿地尚在，被染成紫色的南风拂面而过，只是，苜蓿花丛后面，已没有了编蚂蚱笼的放驴娃。

我说你当初用坦克换蚂蚱笼，真是傻得可以。你说你也舍不得，那是爸爸的授意，他答应回去后给你买个更大的。我的眼睛不由得模糊起来。

妈妈已在3年前和邻村的老胡结婚了，生活幸福美满。我们说要将他们接到城里去，妈妈不答应，她说："城市的洋楼，我们不习惯，还是住在土炕上踏实安心。"

你笑着说："弟，咱们听妈的。"

去镇上喝牛肉汤

邓洪卫

我爷爷排行第二，人称“二太爷”。他哥哥，人称“大太爷”。大太爷走得早，面我都没见过。二太爷走的时候，我才六七岁，不太记事，什么事都是听我父亲说的。我父亲说，这两位太爷，个头都不高，一米五几吧，容貌也相似，小头小脑的，但脾气不同——二太爷性子慢，温温吞吞，实心眼儿；大太爷性子急，风风火火，脑子转得快，心眼多得跟葡萄一样，一嘟噜一嘟噜的。

两位爷爷天生是冤家对头，相互看不惯。大太爷说二太爷：“你这一辈子就没拉过硬屎。”二太爷说大太爷：“你拉屎都能拉出火药来。”

大太爷老是欺负二太爷。两家的水田挨着，中间隔着一道田埂子。大太爷绝，不断地削田埂子，越削越窄，硬是把多半的田埂削到自家田里。大太爷的田比二太爷的田要低几厘米，大太爷不服气，偷偷在田埂上打眼子，二太爷家田里的水就慢慢地渗到大太爷家的田里去了，二太爷家的水田成了旱田。

二太爷气，但他面皮薄、嘴皮厚，说不过大太爷，往往被大太爷“噼里啪啦”说得面红耳赤，回不出一句整话来。二太爷没办法，惹不起还躲不起啊？他举家搬到一个荒草冈子上，盖房，开发新田地。

再怎么躲着，还是一个村子的人，怎么也躲不开。每个月至少碰两次面，在六套镇上的牛坊里。

镇上只有一家牛坊，杀牛，卖肉，逢大集的时候，免费供应牛肉汤。大太爷和二太爷有一个共同的爱好——喝牛肉汤。每到逢集，大太爷和二太爷都会到牛坊喝牛肉汤。没吵翻的时候，俩人结伴一起走。吵翻后，就岔开时辰，分开走，到了牛坊，各自从怀里掏出一瓶三芋干酿的酒，两块烧饼，打一碗牛肉汤，慢慢吃，慢慢喝。他们不吃牛肉，吃牛肉要花钱，舍不得。有时候，大太爷为了寒碜二太爷，会狠下心买几片牛肉，故意嚼得“吧唧吧唧”响，让二太爷听到，显示自己的日子滋润。二太爷装着没听见，“呼噜呼噜”喝自个儿的牛肉汤。

牛坊的人，买肉的人，喝汤的人，瞅着这两个，都绷不住笑，脸上笑，心里感慨：“亲兄弟呀！”二太爷走出牛坊，忍不住唾了一口，在心里骂道，“哼！叫你绝，断子绝孙！”

大太爷跟大奶奶结婚 20 年，没见一儿半女。

那一年，二太爷生病了，病得厉害，请镇上的中医克三先生来看。克三先生直摇头：“难治啊！”克三先生一贯自信，他说难治，等于判了死刑。但先生又撂下几味药：“吃吃看看，好便好，不好就拉倒。有好吃的别落下，说吃不着就吃不着了啊！”

药一天天地见少，二太爷的病还不见好，眼见得一天天消瘦下去。奶奶想起克三先生的话，含着泪问二太爷：“想吃些啥？”二太爷咕噜着喉结，说话都含混了。正好大太爷来了。大太爷听说二太爷有今天没明天了，把恩怨吞进肚里，来看一眼。

二太爷的话大太爷一听便懂，说：“他问明天是不是集。”又自语道：“是集呢，他想喝牛肉汤了。”奶奶说：“那可怎么好？”大太爷说：“明天我去镇上端一碗牛肉汤来。”奶奶说：“这么远，碗口大，存不住啊！”大太爷说：“你家不是有一个罐子吗？加上盖子，慢慢走，洒不了。”

奶奶就把罐子拿了出来。

第二天一早，大太爷就抱着罐子去集上。过了中午，罐子回来了，人却没回来，罐子是邻居杨麻子抱回来的。

1939 年 3 月 26 日，农历二月初六，日本鬼子在六套镇制造了“二六”惨案，屠杀了108个人。大太爷就在这108个人之中。

杨麻子说：“本来，大太爷跟我一起跑的，完全可以跑得快些，可他抱着罐子，怕跑快了洒了汤，就落在了我后面，正好遇上了鬼子，被刺刀挑了。等鬼子走后，我回去找在集上跑散的孩子，孩子没找到，碰到了奄奄一息的大太爷。他把罐子递给我，请我一定要带回来给二太爷喝。说完话，他就断气了。”土黄的罐子已经变成了血红色。奶奶打开来，汤还有热气，搅了搅，还有几片牛肉。喝了牛肉汤，再吃了几味药，几天后，二太爷的病好了，又活了40个春秋。

大太爷无儿无女，死后，我父亲每年都去上坟。二太爷死后，坟跟大太爷的坟相邻。每到鬼节，我父亲都带着我去烧纸。在两座土坟的中间，把纸分成两堆，点着。有一回，两堆纸刚烧完，风一吹，烟灰合到一处，飘上了天空。我母亲说：“是不是两个太爷又吵起来了？”父亲摇摇头，说：“不是，两个太爷拿了钱，一起去镇上喝牛肉汤了。”

15

乡村先生

吴长海

进学校的第一天，老师用笔在我们拼写本的封面上郑重地写上每个人的姓名、性别。看着平素“毛蛋”“妮子”随意称呼的我们有了正儿八经的“尊姓大名”，原本一同割猪草、捏泥人、连穿衣打扮都差不多的伙

伴被分成两个阵营，内心很是兴奋了一阵子。带给我们这份别样兴奋的是周老师，村小学里唯一的老师，乡亲们都称他“先生”。

先生是村子里的人物，在附近十里八村也是个重要的角儿。先生手持毛笔就像巧媳妇穿针引线般轻巧灵便，让远近的乡邻都啧啧称赞。先生还有个绝活：把竹筷放在炉火中烤上一阵子，蘸上墨汁就能写出漂亮的诗文。村子里甭管谁家娶媳嫁女、上梁开业、贺寿出殡，都请先生题写字联，先生一向是来者不拒、有求必应。记得二黑哥结婚时，先生题写了“吹箫弄管庆引凤；鼓瑟鸣琴贺乘龙”的喜联；小光叔开酱坊时，先生撰写了“国家无将边难靖；人家无酱饭不香”的妙联；村里辈分最长、年纪最大的刘爷驾鹤西游时，先生书写了“寿终德望在；身去音容存”的挽联。到了岁末年初，先生更是竭尽才智撰写春联，给乡村旮旯披上文化的盛装。

先生是民办教师，前些年的工资都是由村里“提留”。村民都知道先生照看几十个娃不容易，年底时都自觉地把“提留”钱交到村支书手里。每年正月初一，不少家长会带上孩子和好吃的去当面感谢先生；先生拗不过就收下来，收下来的好吃的最后还都分给了孩子们。有一年冬天，大雪把教室的房顶压塌了，孩子们都被先生接到家里围炉而教。那教学氛围与大学者陈寅恪“师生蚁聚一堂”的教学趣闻有一比。

先生不是科班出身，却十分尽责敬业。先生每天和我们一起到校，我们朗读课文时，他在看书，样子专注得像是要考学。我们读二年级时，先生开始让我们背唐诗、抄宋词，当时不明白先生这样做的意图。多年后，喜读诗书的我惊喜地发现，村里很多只有高小文化的叔伯姑嫂茶余饭后在一起谈笑风生，时不时就会蹦出几句古诗文，想必这和早期接受先生的诗词教育是分不开的。

先生曾经给我们讲过一个苹果的故事：在美国新墨西哥州的高原地区，有一位经营苹果园的杨格先生，他种植的“高原苹果”味美形佳、无污染，在市场上很畅销。有一年，高原上突然遇到一场特大的冰雹，把结满枝丫的大红苹果打得遍体鳞伤，人们都认为杨格将损失惨重。但杨格意外地发现，被冰雹打的苹果味道变得清香扑鼻、醇浓爽口。杨格立即组织员工如期将苹果装箱发运，并在每个纸箱里放进一张纸片，上面写道：“这批苹果独具一格，只只带‘伤’。但请看好，这是冰雹打出的疤痕，是高原地区苹果的特有标记。这种苹果，果紧肉实，具有妙不可言的糖果味道。”面带疑虑神色的买主们当场品尝了样品，果真不假。从此，杨格的“高原苹果”闻名遐迩，畅销不衰。先生说：“你们出身山乡，要争取做一只带有疤痕的高原苹果。”

先生的话让我们有了长久奋斗的动力和方向。此后，我们中的很多人被比作山沟里飞出的金凤凰，从小山村飞向大江南北、长城内外。

一件棉衣的温度

邓迎雪

这是40多年前的旧事了。

那年的冬天特别冷，雪一场接一场地下。早晨起来，他穿着薄薄的单衣，踏着没膝的雪去上工，整个人都被冻得有些麻木了。

他在这家机修厂做了两个月的

学徒工，辛辛苦苦攒下12元钱，本打算去买件棉衣过冬，可他的粮票竟然丢了。就这样，他买棉衣的事情又变得遥不可及。

又是下雪天，他在四面透风的厂房里干活，手和脚都被冻伤了，手上几处地方已经红肿溃烂，火辣辣的疼。这时，忽然有人在身边问："手怎么冻成了这样？"

他抬头看去，原来是附近厂一个名叫大林的工人。他咧嘴苦笑一下，算是回答。大林捏捏他单薄的衣衫，吃惊地说："穿得这样少？身体要紧啊！"

他自小失去双亲，少人疼爱，长到17岁，还从来没有人这样关心过他。他心头一热，就把丢粮票的事情告诉了大林。

快下班的时候，大林又来厂里，塞给他一个土黄色的粗布包裹，说："这是俺娘今年给俺做的棉衣，俺穿不着，就送给你吧。"

他欣喜若狂地接过来，连"谢谢"也忘了说。

那件棉衣面子是黑蓝色的粗棉布，里子是软软的白色细棉，又厚又暄，散发着新棉的芳香。

那是他记忆中最温暖的冬天，有了御寒的衣物，日子也变得轻松起来。每晚，他把棉衣叠放在枕边，带着感恩的心情，闻着棉花的香味睡去。

一件棉衣，让他的生活有了阳光的味道。

从此，他和大林成了好朋友。慢慢地，他才知道大林身体不好，有心脏病，家在100多里外的乡下。每当说起家中琐事，幸福总会溢满大林的脸，他既羡慕，又为大林高兴。

他想，什么时候他也有这样的一个家就好了。他悄悄许下心愿：攒钱，攒够了就在老家盖房，像大林一样，有个温馨的家。

他省吃俭用了5年，终于攒下600块钱，这在当时北方的乡下，足够盖三间新瓦房了。想到自己很快就会有一个家，他在梦里也会笑醒。

厂里有一位工友是大林的同乡，这天在厂里说起大林家中突然发生的变故。大林的母亲和弟弟出了车祸，由于受伤严重，要转到省城的医院做手术，大林正在四处火急火燎地筹钱。

他听了，心急如焚，匆匆忙忙请了假，到银行取出全部存款，然后一路小跑找到大林，让他拿去用。大林的眼泪当时就下来了，非要打借条，他拗不过，只好随了大林。

过了八九天，他接到大林从医院打来的电话，说母亲和弟弟已没有大碍，他这才放下心。

没想到大林却出了意外，大林在回厂里的路上突发心脏病，没抢救过来。

大林的妻子领着儿子来厂里处理后事，他陪着帮她打点。看着悲伤无助的母子俩，想到大林家今后生活的艰难，回到宿舍后，他把那张借条撕了。他想，就把它当成一个秘密吧。

后事处理完，大林的妻子用一把大铁锁锁住大林的小屋，回了乡下。

他的新房梦破灭了。不到两年，家乡宅基地上的野草已长到一米多高，媒人给他介绍的女孩也嫁作他人妇。他又一无所有了，但他从不后悔。

他每年总会给大林的家中寄些钱物，一直寄了 13 年，直到大林的儿子大学毕业。

时光荏苒，如今的他已到了退休年龄，当年借钱的事早已沉在记忆深处。如果不是市里开始改造住房，大林当年的小屋要拆迁，那件事就要彻底掩埋在时光里了。

拆迁工人从小屋卧室的墙洞里发现了一个黑色的盒子。拆迁队联系到大林的儿子，把盒子交给了他。打开一看，里面有粮票、布票和一些散币，还有一个发黄的本子，本子的最后一页记着：1976 年 8 月 7 日，借李建民 600 元。

穿过 30 多年的光阴，大林的妻子和儿子满含热泪来还钱。大林的妻子说："如果这些年没有你的帮助，两个孩子肯定上不成学了，你对我们全家有恩啊！"

"是大林对我有恩。"他说，他讲了那件棉衣的故事。这么多年过去了，那件棉衣一直陪伴着他，在他最困难的时候，是大林让他感受到了人间的温暖和善良，给了他生活的信心和勇气。相比这些，那些钱又算什么呢？那件棉衣里蕴含的情谊才是他最好的珍藏。

中原饭场

韩晓民

旧时，饭场是中原地区农村一道独特的风景。

人们日出而作、中午歇晌、日落而息，养成了一日三餐的进食习惯。早饭称“清早饭”，午饭称“晌午饭”，晚饭称“黑了汤”。早、晚以馍、菜、汤为主，午饭大多吃面条，尽管晚饭不仅仅喝汤，但一直被称为“喝汤”。

也许是民以食为天，也许是遭受过大的荒年，人们总是把吃饭挂在嘴上。饭前饭后，熟人见面打招呼，张口就是：“吃了吗？”这相当于问候语“您好”。如果早上或中午问候的时候说“喝了吗”，或晚上见面问候“吃了吗”，都会被人笑话不懂规矩。

城镇居民，习惯于一家人围桌进餐。而在乡村，一般家庭吃饭时，家庭成员各自找吃饭的地点。农家的家常便饭很简单，早晚的“馍、菜、汤”，饭碗盛饭，菜碗盛菜，馍往菜碗里一放，端着饭碗和菜碗，想到哪里吃都行；或者饭碗盛饭，烙馍卷菜、饼子夹菜，菜碗便用不上。午饭多为面条，端一个碗吃饭，更加灵活自由。

夏秋季节，天气炎热，庭院里不透风，窝在家里吃饭大汗淋漓，便有人端着饭菜到外面找凉爽的地方吃饭，街头空旷的场地，街边大树下面，都是好去处。好的地方大家都会看上，于是，吃饭的时候聚集在一起，久而久之，便形成了饭场。某个地方一旦形成饭场，去那里吃饭的人“雷打不散”，即使到了数九寒天，也照样去。有句俗语是这样说的：“东家短西家长，端起碗赶饭场。”

“赶饭场”的“赶”字很贴切。一到吃饭时，男男女女，老老少少，端上饭碗就走，好像要去争夺什么好东西似的。

一般来讲，一个村子会形成好几个饭场，赶饭场的人多遵循“就近”原则。过去，饭菜油水少，人们吃得多，尤其是成年人，一碗饭不够，吃完了就得回家再盛饭，称“回碗”。如果离家太远，回一次碗跑半天，再回到饭场，饭菜凉透了，还怎么吃？有些人图省事，干脆用大碗盛饭，青花边白瓷海碗、粗瓷海碗在那时的乡村非常流行，海碗的口径有七八寸，若还不够，便用小盆儿。

“回碗”有时很有意思，有些人为表示他在家里有地位，吃完一碗饭，便吆五喝六地吩咐老婆回去给他盛饭。贤惠一些的老婆二话不说，把自己的饭碗一放，就去替丈夫“回碗”，这让丈夫很有面子。有些人“惧内”，也想挣面子，结果，老婆不但不给他“回碗”，还会臭骂他一顿，众人便跟着起哄、看笑话。

“因陋就简”一词，在饭场里体现得淋漓尽致。一块砖、一片瓦都可以是凳子，树干和院墙都可以当椅子的靠背。比较讲究的蹲在地上，或脱下一只鞋子坐在上面，不讲究的则席地而坐。哪段树桩靠着舒服，哪个地方有个土台，冬天里哪堵墙背风朝阳，夏日里哪棵树下树荫最好，大家都很清楚，谁去得早，谁就能占上好地方。

粮食是从土里生长出来的，所以，大伙儿吃饭时对土并不计较，馍掉地上了，捡起来吹一吹，继续吃。筷子掉在地上了，拾起来往碗沿儿上敲几下，或在腋下的衣服上蹭一蹭，继续用。风有时会把落叶什么的吹进碗里，用筷子往外一挑就行了。吃完一碗饭，用手把嘴一抹，再拍拍屁股上的尘土，回家添饭；尘土随风飘去，飘到谁跟前，他便端碗一侧身，躲过这阵尘土，接着吃。

过去，大部分农户都喂养家畜家禽。大家在饭场里正吃得有滋有味，突然一头猪闯了进来，饭场便马上热闹起来，这人踢一脚，那人踹两下，直到把这头不懂事的蠢猪赶出去为止。相对而言，鸡比较聪明，经常在饭场外面候着，偶尔还会得到一点小小的赏赐。但也有不懂规矩的鸡，往圈子里面钻，大家便用筷子的另一头乱敲，中了“埋伏”的鸡，晕头转向地连飞带跑，在不辨方向的情况下，往往会把谁的饭碗撞翻，惹得大伙会笑好大一阵子。

农村有一种习俗，本家弟弟可以和嫂子胡乱开玩笑，尤其是那些远门的弟嫂之间，见了面不打几句情、骂几句俏，似乎说不过去，饭场便成了他们之间斗嘴的最佳场所。饭场里的观众和听众多，关注的人越多，斗嘴的积极性越高，谁骂得鲜、说得巧，便显示出谁的本事大。那些平时少言寡语的老实人，也往往成为大家取笑的对象。还有一些人，辈分低，谁见了他都可以骂几句。这里的骂并不是恶意的辱骂，而是骂着玩儿，俗称“打渣子骂玩儿”。所以，饭场里经常笑声不断。

谁家如果改善生活，是万万不可端到饭场里炫耀的，这个一筷子，那个一筷子，转眼之间就“尝”完了。

吃完饭，大家不会马上散去，而是天南地北地乱侃一通，叫“喷空儿”。上下五千年，纵横几万里，国际形势，国家大事，家长里短，见闻传说，都是聊资。男人们谈得最多的是庄稼活儿，女人们则多谈些家务活儿和孩子们的事情，小孩子不许乱“插嘴”，只有端着碗边吃边听的份儿。很多事情都是在饭场里开始传播的，那些见多识广的人，在饭场里很吃香，大家就像崇拜明星一样崇拜他。

最精彩的场面是“抬杠”。“抬杠”是“争论”的意思，双方各执一词，争论不休。爱抬杠的人经常钻牛角尖，不管占不占理，抓住一点，死不放手，这样的人俗称“杠子头”。杠子头必须胜利，如果争论不过对方，就耍无赖，你说煤是黑的，他偏说煤是白的。“理不正，气死旁人”，围观者看不过去，就加入“战团”，你一言，我一语，争得脸红脖子粗，像吵架一般。村里的那些事儿，没有标准答案，也没有人充当裁判，争论往往是无果而终。有时，杠子头实在是理屈词穷，便恼羞成怒，饭碗一端，悻悻而去。

晚饭后，大家聊的时间最长，天黑得什么也看不见了，人们才意犹未尽地散去。那时候没有电，更没有电视，回到家里就是睡觉。

第92位顾客

林树

阪垣平正在厨房里忙碌着，新雇来的店员幛子慌慌张张地跑进来请他出去，说是外面有个奇怪的顾客。

阪垣平一边安慰着幛子不要急，一边赶到了前厅。幛子所说的奇怪的顾客原来是一个大孩子带着一个小孩子。大孩子向阪垣平鞠了一躬，很有礼貌地问他："老板，我听说你家每天第 92 位顾客是不收钱的，是吗？"阪垣平一愣，问："这个……你是听谁说的？"大孩子说："是听隔壁市场卖果子的老奶奶说的，她说上次她和她的孙子在这里正好是第 92 位，所以吃了两碗拉面，老板你没有收他们的钱。"

阪垣平想起来了，数天前确实有一个老奶奶带着她的小孙子在这里吃饭，自己也确实没有收他们的钱。可是那并不是因为店里有"第 92 位顾客不收钱"的活动。他知道老奶奶每天都带着小孙子在隔壁的市场卖果子，收入极为有限。那天，老奶奶带着孙子走进店，犹豫再三，点了一碗最便宜的排骨汤拉面。他忽然鼻子一酸，对老奶奶说："恭喜你是我们店今天的第 92 位顾客，你吃的所有东西我们都不收钱。"最终老奶奶点了两碗排骨汤拉面。阪垣平看到祖孙俩心满意足的样子，心里也很高兴。

今天这两个孩子为这个理由而来，阪垣平心里有点不高兴了，心想："我这里可不是慈善机构。"正在纠结的时候，大孩子又说："我在外面数了一整天了，到现在我刚好是第 92 位。"

阪垣平心想，能耗在店外数一整天的，想必也不是特意跑来占便宜的吧。于是他点了点头，说："我们的确是这样的，对第 92 位顾客不收钱。"

"那么只要是一起的，不管几个人，吃多少东西都是不收钱的，对吗？"大孩子又问。

阪垣平又开始后悔自己的好心了，万一这孩子带了一大群人来吃东西，今天这一天的生意就算是白做了。可是到这个时候，他也只能硬着头皮对大孩子说："是。"

大孩子一声欢呼，急忙又向阪垣平深鞠一躬表示感谢，然后转身出门。不一会儿，他推着一个轮椅进来了，那是个有些憔悴的中年女子，看上去像是两个孩子的母亲。阪垣平这才微微松了一口气：这样的三个人，估计也吃不了多少。

母子三个人只要了三碗不同的

普通拉面，额外给最小的孩子点了一串烤鸡肉，加起来的金额跟今天的营业额比起来，简直可以忽略不计。临走的时候，母子三个人又专门请出阪垣平，深深地向他鞠躬致谢。阪垣平将他们送出店外，看着他们离去。

忙碌了一天，阪垣平和樟子一起收拾店面，樟子终于明白了事情的来龙去脉，高兴地说："老板，你今天也是做了一件好事呢！可是为什么是92这个奇怪的数字呢？"

"也是很巧，老奶奶来的第二天是我母亲的生日——9月2日，当时我正满脑子想着怎么给母亲庆祝，就随口说了这么个数字。"

"原来是这样。"樟子明白了。

这时，阪垣平的电话响了。接了电话，他的神色渐渐变得凝重又焦急，他简单嘱咐了樟子几句话，就急急忙忙地跑了出去。电话是医院打来的，说阪垣平的母亲不慎摔倒，伤到了头部，已经被送到了医院。

匆忙赶到医院，阪垣平看到病床上的母亲，急得都快哭出来了。医生告诉他，他母亲在路边摔倒后，刚好有好心的路人看到了，然后为她做了心肺复苏，又打电话叫来了救护车，这才使她转危为安。

阪垣平略微放心了一些，问医生是否知道救他母亲的人是谁。医生说："是个坐轮椅的中年女人，还带着两个孩子，听说以前也曾经当过护士，所以才能这么熟练地给你母亲急救。"旁边的护士又说："说来也巧，她说以前从来没在那条路上走过，今天是因为在附近吃饭，这才看到你母亲倒在地上。"

阪垣平立刻知道了救自己母亲的人是谁，心中百感交集："是的，我想我肯定要去谢谢她！"

商旅

阮红松

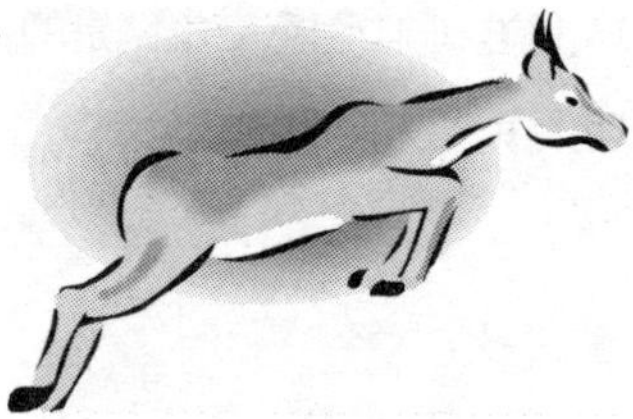

她是一个卖茶妹子，走南闯北推销湘西的名茶，用的是最原始的推销方式——每天从茶站拿货，然后背着茶袋，走乡串户地上门叫卖。

在外漂泊的日子里，她不怕山高路远，不怕受冻挨饿，只怕夜晚。在卖茶的途中，经常错过投宿的客栈，不得不厚着脸皮就地借宿。对于一个跑江湖的女子来说，在外借宿是一件很可怕的事情。遭人拒绝、被人猜疑、受人欺负是家常便饭，半夜被人撵出来也不是稀奇事。

有一天黄昏，她来到鄂东一个名叫李家村的地方。做完最后一笔生意，天已经黑透了。这是一个偏僻的村庄，离最近的小镇也还有 20 多里地，而且尽是不熟悉的山路，她又一次面临就地借宿的难题。想到以前被人欺辱的一幕幕，她很快就打消了在村里借宿的念头。

她漫无目的地走到村外，已累得没有一丝力气，恨不得歪在路边睡下。这时候，在一片鱼塘边，她发现了一间小屋。她迟疑了一下，向小屋走去，决定在那歇歇脚再说。

小屋的门是虚掩着的，里面很黑。她不敢直接进去，在门外轻声唤了几声，没人应，这才小心翼翼地钻进小屋。黑暗中，她摸到一张床，床上有被子。她刚在床上坐了一下，马上又退了出来，怕被人撞见，会误以为她是小偷，于是她决定先躲在塘边坐一会儿，观察一下。如果小屋的主人不来住，她今晚就睡在这儿了。

月上中天的时候，小屋的主人还没回来。她已经困得昏头昏脑，全身也冷得一个劲儿地打哆嗦。再也顾不了许多，她一头钻进小屋，掀开床上的被子就睡下了。

美美地睡了一觉，醒来时，太阳已升得老高。她慌忙爬起来，在门口张望了一下，见四周没人，便飞快地背起茶袋离开了小屋。走了老远，才回头看了一眼小屋。在阳光下，那小屋丑陋得像一间茅厕。正是这间丑陋的小屋，昨晚却给了她一夜好觉。回过头来，她心里一酸，两眼很快就溢满了泪水……

第二天，她并没有走远。李家村这一带茶卖得不错，人们都喜欢湘西的新茶，特别是上了年纪的人，拈着香喷喷的茶叶，闻一闻，咂一咂，赞不绝口。忙了一天，当夜幕降临的时候，她又不由自主地回到昨晚住过的那间小屋。

塘边的小屋依然静悄悄的，月光下的鱼塘也一片宁静。她有些不好意思地在小屋前探了探，屋里还是没人，就像昨晚一样。她远远地坐在塘边等候，等到下半夜，小屋的主人还是没回来。她摸进小屋，上床摸被子时，忽然摸到一把梳子和一个小圆镜，还有一件女人的小衣服。她心里禁不住一阵窃喜，绷紧的心顿时松了下来。原来小屋的主人是个女人，她白天肯定来过，没啥好怕的了，即使小屋的主人回来了，女人与女人之间还有啥不好沟通的呢？

她干脆放心地脱了衣服，舒舒服服地睡下了。

她在附近又卖了一天的茶叶，第三天夜里，她轻车熟路早早地回到小屋，像回到自己家里一样，已经完全不紧张了，进屋就倒在床上。今晚特别高兴，带来的茶叶已卖得所剩无几，赚了不少钱。想到明天就要离开这儿了，这夜她睡得特别香，漂泊的人竟然有了梦。

鸡叫头遍，她就起床了，还要走二十几里的山路，到镇上去赶到县城的早班车。临走时，她将床铺收拾得干干净净，又从袋子里掏出三包茶叶，压在床铺的枕头下面。

一年后，她再一次北上卖茶。汽

车路经鄂东时，她想起了李家村。进村后，老主顾们很快认出了她。有个姓赵的大嫂将她迎进屋后，拉着她的手说："一年前，有个女人在村外塘边的小屋住了几夜，是你吧？"她的脸顿时红到耳根，不好意思地点了点头。

赵大嫂迟疑片刻，说出了一个令人非常感动的故事。

那塘边的小屋，其实是赵大嫂的小叔子的。那天，他发现小屋里忽然来了个女人，他以为是窃贼，便偷偷跟踪。后来看明白了，是一个卖茶妹子，夜里没地方睡觉，把他的小屋当窝住了。他十分同情在外漂泊的人，不但没赶那个女人走，还怕吓着她。为了让妹子安心住下，他还故意放了些女人的东西在床上……他自己呢，怕女人一个人睡在塘边不安全，每夜揣一瓶酒到鱼塘的小屋后一边喝，一边偷偷地为她守夜……

我的乡村 我的年

清河鱼

腊月二十八回老家那天，气温骤然降至零下九度，可能是这个暖冬里最冷的一天了。到了家里，爹说："这是老天爷让人过年哩，怕年货存放不住，就让天变冷冻起来了！"说着话，便掀开院子里放置的一口大缸的顶盖，从中搬出一疙瘩冰冻的鱼，像凿冰块一样用刀背劈下一条大鲤鱼，剖洗干净后用大锅炖了。那口大缸里面放着瓜果蔬菜、鸡鸭鱼肉，那是我们家的天然冰箱。

我脱掉外套准备吃饭，娘赶紧说："快穿上，快穿上！家里跟外头(城里)不一样，你看玻璃上的冰花，一天了都没化，冷，别冻着！"睡觉的时候，娘抱出两床大棉被给我们，半夜还是被冻醒了，身上冰凉，尤其是双脚，跟两个冰坨似的。睡不着，看窗外的夜空，群星闪耀，就数起了星星，数着数着，又恍然入梦了。

大清早，爹就开始打扫院子。我赶紧起床，洒扫庭除，又从井里打了几桶水，把上供用的碗筷洗刷了一遍。仿佛是哪个老奶奶的杰作，剪纸的时候手腕生风，剪出一轮硕大的红日，抬手挂向天空，阳光照进冬天的庭院里，其暖融融。

早饭喝玉米面粥。娘说："从明天起开始吃饺子，一直吃到正月初五'破五'，过了'破五'才能再做粥喝——这是现在，搁在以前，不到二月二'龙抬头'，是不能动灶的，灶王爷可都看着呢……"娘总有许多古老的讲究和忌讳，执行起来不厌其烦。

就在前几天，爹要给村里的葫芦叔叔家的闺女做媒提亲，娘说："腊月里不说媒，说媒伤媒人。不差这几天，等到正月再说吧！"爹一听就顺从了。葫芦叔叔家好像跟娘是一个意思，只是没点破。

饭后剁菜拌肉馅包饺子。爹买了几张红纸裁成方块写了一地的"春"字和"福"字。快天黑的时候，娘用面粉兑上水熬成糨糊，我和爹把"春"字和"福"字贴到囤上、缸上、柜上、墙上、井台上，还在枣树上贴了一个"春"字；又在大门上、横楣上贴了门神和春联，过年的喜庆劲一下子就出来了。

晚饭后还是不得闲，娘从炕洞里掏出一簸箕柴灰，让我拿细筛子筛一遍，然后倒进香炉里好插香。娘自个儿抱了一捆柴火把炕烧得很烫，整间屋里都热气扑面，比城市里的暖气还好用。接着她撸起袖子洗净手，开始在桌案上布置供奉各种神仙和列祖列宗的牲礼供品。鲜果有苹果、梨、香蕉、橘子、石榴、菠萝，生肉有鱼、鸡、猪肉、牛肉，另外还有糖、瓜子、花生。最后放上几双筷子，插上一对红烛，总算忙完了，娘已是满头热汗。

天空里鞭炮声阵阵爆响，烟雾弥漫；家家炖肉的香味也飘散出来，满街肉香，让人嗅到浓厚、热烈的年味。身上一时轻盈舒服，不管是喝酒的男人还是吃糖、嗑瓜子的女人和孩子，都沉醉在过年的欢喜里了。

年三十，晴朗的天空飘满燃放鞭炮后留下的缕缕雾霭。太阳还未出来，爹在正屋的墙上挂上一轴写满家族亡故者姓名的图卷（乡下叫“主子”，类似于家谱），把几炷香、一卷纸钱放进我筛香灰的细筛子里，夹在肘下，领上我，去村东路口请“爷爷、奶奶”来过年，享用供品。

请“爷爷、奶奶”是有说道的，只要父母在，不论兄弟多少、分家另过多少年，也只能请一个“爷爷、奶奶”；要是父母不在了，则一家请一个（供奉的自然还是一个祖宗）。

我和爹出来的时候，街上已经有许多人。如果已经请了，是不能随意说话打招呼的，更不能东张西望，据说一回头，“爷爷、奶奶”就被落下或丢了，需要重新再请。路口已经堆出好几个土堆，我把香也插上去，爹焚烧了纸钱，磕了一个头，拜了拜，说：“‘爷爷、奶奶’回家过年了！”我们俩就头也不回径直走回家里。刚进大门口，爹喊了一声：“‘爷爷、奶奶’请来了！”然后放倒一根准备好的木杠子，把门口拦住（怕“爷爷、奶奶”走了）。娘端上饺子，插上香，跪下双膝，一边焚纸一边念念叨叨，说一些我听不清的话。爹在院子里同时点燃了一挂鞭炮，“噼噼啪啪”乱响，像在大声呼喊：“过年啦，过大年啦……”

吃过饺子，娘说：“这一过年，猫啊狗的再馋再偷嘴，也不会吃上供的供品。它们都在一边待着，可听话了。”还真是，我多半天没看见我们家的猫和狗露面了，不知是回避起来了，还是怕鞭炮的响动躲藏起来了。光天化日，街上的鸡鹅也都不见了踪影，只有顽皮的孩子在追逐嬉戏。

——多么祥和的年啊！

宗乡话

叶舟

看见那块发亮的门头时，我就知道自己有救了，忙喊停了车，跳将下去。这里毗邻扬州大学，晚课后的学子们熙熙攘攘，与我一样，怀着饥饿的胃，睁着贪婪的眼，徘徊在这一条街上。我反倒不急了，在门口挑了个凳子坐下来，让年轻人们先一饱口福。

烟花三月，街灯摇曳，空中飘满了柳絮，也送来了一丝植物的暗香。

在这样的良宵，能邂逅一碗我梦寐以求的面条，我哭的心都有了。我必须坦白，我的胃就是一介贫下中农的胃，走的是西北特色的面食路线，死不悔改。行旅扬州，“白天皮包水，晚上水包皮”，面对主人的热情和一桌子像牙雕一般的珍馐美食，我竟然不被诱惑，兴趣寡淡，好像三魂六魄都在半空中游荡，像柳絮似的无根无凭，始终安放不进身体中，也难以入眠。这不，深更半夜的，我叫了一辆的士，偷偷摸摸地出来觅食，像叫魂一般。

走了一拨儿人，又来了一拨儿人，学子们风卷残云，丝毫不给我机会。门头的牌匾上镶着几个大字：正宗兰州拉面。我磨着牙，饥肠辘辘。我闻见了熟悉的味道，我的胃张开了血盆大口，舌下生津，储满了一嘴的哈喇子，随时决堤。

后来，他从门里踅了出来，收拾桌上的碗，一眼瞄见了我。我谄笑，用方言说："喏，给我下一碗二细！"

他愣了愣，像触电似的，盯着我面前的烟盒。他迅速恢复了表情，将手里的一摞脏碗送进了门内，跟一个伙计耳语一番，又掉头返回来。

他问："你是兰州来的？"他顺手拿起了烟盒，瞅了一眼。烟是"黑兰州"，这确凿无疑。

我说："听口音，你是临洮的，离兰州城不远嘛。"

他回答说："今儿个打烊了，你想吃的话，明天来吧。"

我苦涩极了，哀告说："你凑合一碗吧，明天我还有公务呢。"

他笃定地说："卖完了。"

讽刺的是，这时又来了一对学生情侣，坐在旁边的桌子上，伙计热情地招呼着。不一会儿，两碗热腾腾的面端了出来，情侣们吃得山高水长，让我几乎晕厥了过去。

他自辩说："就因为你是兰州来的，不卖给你。除非……"

我忍辱负重地问："除非啥？"

他咧嘴笑，按住了我的肩膀，宽慰道："除非你不急，先跟我说一阵子家乡话吧！"

我是乡村的卧底

江子

从外表看，我已经与一名城里人无异。

我衣冠楚楚，皮肤也还白皙，普通话还算流利，不熟悉我的人，完全可能把我当成土生土长的城里人。可我是农民的后代，是一个生活在城里的乡下人。

除了求学，我的童年和少年都在乡村度过。那里至今住着我的父辈和兄弟。因为求学、患病或者厄运，他们暂时离开了乡村，坐火车或汽车，潜入城市，与我会合。乡音或者他们口中的我在乡村的乳名，就是接头的暗语。

他们是我的另一个组织，我其实是他们安排在这座城市的卧底，是潜伏在城市内部的、为故乡工作的“地下工作者”。

一

那个人站在那里，手足无措。他头发蓬乱，皮肤粗糙黝黑，面容愁苦，胡子拉碴。他手里提着一个脏兮兮的蛇皮袋，背着一床被子。他的旁边是他的儿子，两手空空。

那就是我的姨父，站在他身边的是我的表弟。姨父看见我，脸上露出了笑意。他的神情看起来有些激动，但是他并没有像在故乡的路上遇见我时那样大叫大嚷，而是竭力克制着。待我走近，他慢慢伸出了手，轻轻地用乡音唤了我一声。

姨父靠着种几亩地和做点小生意供两个儿子上学。大儿子今年高考落榜，可他还想上学。前些日子，姨父从家乡打电话给我，问我有没有什么办法，让表弟在省城上一所民办大学。

我知道这是组织交给我的任务，我必须充分利用我城里人的身份来完成它。接到姨父的电话以后，我费尽心机搞到了这座城市几乎所有民办大学的情报。最后，我把目标锁定在市郊一所据说就业率在98%以上的大学。我不能让姨父把辛辛苦苦积攒的钱往水里扔。

在饭馆里，我叫了两瓶啤酒，姨父几乎没动筷子，只是一根接一根地抽烟，倒是表弟一个人自斟自饮把两瓶啤酒喝干了。我想，这阵儿姨父也不会有什么胃口——对表弟前途命运的担心显而易见。再说，每年上万块钱的学费，对他也不是一个小数目。

我领着父子俩打车来到了那所大学的报名处。正是报名的高峰时间，校园里人山人海。姨父躲到偏僻处，费力地从缝合在裤子上的口袋里掏出一沓皱巴巴的钱来。办完手续，手中的钱变成了几张轻飘飘的收据。

我看见姨父的脸色虚弱苍白，手还有些抖。9月的天气还比较热，他不停地用衣服的下摆擦着汗。姨父告诉我，学费中的很大一部分是借来的，要三分的利息。我说："那要还到猴年马月？"他咬咬牙说："什么时候还得清先不管，儿子读书要紧。"

报完名，姨父就要回去，农活不能耽误。他反复嘱咐儿子，表弟都有点烦了。我盯着表弟不耐烦的神情，心想，如果这家伙做了一名城里人，早晚会成为故乡的叛徒。

二

我不认识眼前的这个人，虽然他有着和我的故乡契合的表情和装束，不同之处是他手里拿着一张X光片。这张X光片此次变成了我和故乡在城里接头的暗号，是我舅舅的"特派员"。这张胶片记录了舅舅的腰椎。舅舅是个泥瓦匠，在县城的某个工地上打工。前几天，他不小心从脚手架上摔了下来，腰椎断了。眼前的这个人是他工地上的工友。舅舅让他带话给我，要我去问省城的医生能否不做手术，因为做手术会花光他家里的钱，两个孩子在县城读书就会成问题。

我从纸袋里取出片子，在阳光下观望。我看不懂这片子，但我知道，那里藏着我舅舅的腰椎骨骼，它记录了一个底层人的、靠手艺生活的庄稼汉的、很可能使他永远失去劳动能力的一次事故。它是来自故乡的关乎命运的一张秘密图案。

我带着舅舅的工友来到一所大医院。已是下午4点，专家门诊空无一人，我冲进了住院部，找到一名正在值班的骨科专家。我要从他的嘴中撬出有用的情报。我客气地给他点了烟，尽量让自己显得镇静和有涵养，既谦恭又不失尊严。我费尽周折取得了他的信任和诊断，并且免费。我成功了。

我听到的结论是肯定要动手术，不然这辈子就废了。当我不动声色地提着装了舅舅腰椎X光片的牛皮纸袋走出医院时，我的腰椎忽然传来了一阵剧痛。

三

有一天，我接到了一个电话。电话里是个中年妇女的声音，带着哭腔。她问我是否记得她，她曾经住在离我家隔几栋房子的地方。她说我小时候叫她姑，她还经常抱我。她说是从我爸那里问到了我的手机号。

说实话，我对她没有什么印象，加上手机信号不太好，她的声音带着哭腔有些失真，我完全不知道她是谁。但她的乡音让我知道，她是自己人。

她说她的儿子开长途汽车跑货运，前几天在广州被别人的车撞了。她的儿子伤得很重，还住在医院里，肇事司机被当场抓住了，可不知什么原因，很快就被放了出来。儿子的伤得治，可眼看着快没有钱了。她在电话里哭起来："听说只要有人给广州打个电话，那边就会认真办理。你是咱村里的能人，听说在省城当大官呢，你就给我打个电话过去吧，求求你了，大侄子……"

我没有办法帮这个忙。她想得太天真了。在广州，除了家乡的一些打工者，我并不认识谁，更没有打个电话就能把事儿给办了的能力。我艰难地回绝了她。她显得那么失望！在电话的最后，她嘟嘟囔囔，语气中充满了对我见死不救的埋怨。

我知道我让我的组织失望了。我想我的故乡肯定会有一段时间对我的忠诚产生怀疑，我将因此暂时蒙受冤屈。但作为一名卧底，蒙受冤屈是常有的事。对此，我已逆来顺受。

我的亲友们纷至沓来。可为了做好一名卧底，我必须承受更多。我必须让自己越来越像一名城里人。我必须团结同事，善待他人，以取得这座城市更多的信任，从而让自己在这座城市扎稳脚跟。我必须熟悉城市，与更多的城里人交朋友，以获得更多的信息，窃取更多故乡需要的情报。我必须拥有更多的资源，包括人脉资源和信息资源。我必须夜以继日地工作，挣下所有的活动经费（包括接待故乡亲友的食宿费、交通费和其他开支）。

我表面像城里人一样乐和，可

我内心的困窘有谁知晓？一个卧底内心深埋的悲凉，又有谁知？

今夜故乡又有人入城，说是半夜会来。从电话里的声音我知道，那是我的一个远亲。接电话之前，我刚送走了一批来城里的亲友。家里的餐桌上杯盘狼藉，我还来不及把一切清理干净。老实说，我受够了。

但我想起我的故乡依然像在苦难中挣扎，我的亲友依然像蝼蚁一般活在苍茫大地上，而我对他们的热情款待和为他们的事情奔忙，多少可以给他们带来一星半点的希望和安慰，就一点脾气也没有了。

今夜，我依然静静地坐在家里的灯光下，心平气和地等着入城的亲友，将我家的门叩响。

花花

胡天翔

黄昏的时候，女孩花花在山下的草坡上放羊。

羊在吃草。花花把采来的野花一朵朵插在头发上。花花扎的是羊角辫，两条辫子从耳朵背后向上弯成一个弧形，又坠下，很像一对羊角。在两条辫子上插好花，花花走到羊的身边。

“雪儿，好好吃，别乱跑。”花花对羊说。

就像奶奶喊花花为“花妮儿”一样，“雪儿”是花花对羊的昵称。羊像听懂了她的话一样，温顺地抬头“咩”了一声，又低头吃草。奶奶在地边割青草，青草装满了草筐。花花把奶奶手中的青草压进筐里，把镰刀夺了下来。

“奶奶，不割了，咱歇歇，花花给您捶捶腿。”花花说。“噗！噗！噗！”花花用嘴吹去草丛中一块石头上的尘土，拉奶奶坐下。花花的小手落到奶奶的腿上，小鼓槌儿似的。

“哟！花妮儿成花媳妇了！”奶奶看到花花头上插的花。花花红了脸，眼睛一眨一眨地看着奶奶。花花的眼睛很大，像白水银里养了一颗黑珍珠。

“奶奶，您说俺大俺娘过年回来不？”花花满脸疑惑地问。花花是个圆脸，就是长得有些瘦。

“花妮儿，想你大你娘了？”奶奶问。

“想啊，昨晚还梦见俺大俺娘回来了！”花花说。

“你大说过年时工钱高，去年就没有回来，今年该回来了。”奶奶说。

“俺娘一回来，又该给俺买漂亮的头花了。奶奶，这回你可要管住龙龙，他总拽我头花上的珠子。”花花说。龙龙是花花的弟弟，今年才10岁，比花花小两岁。

“他敢！奶奶拿火棍打他的屁股。”奶奶说。

晚风一吹，村子四周就绕了一圈雾，是炊烟。该回家了，花花扯着草筐上的绳子，把草筐背到身上。草筐压在花花的背上，像一个小草堆，在蛇一样的小路上，向着村子里移去。奶奶在后面拿着镰刀，牵着羊。在村头，她们碰上了麻子爷爷。麻子爷爷也背了一筐青草回来。

“花花的病好彻底了没？”麻子爷爷问。

“吃了两天的药，好多了。”奶奶说。

花花前天肚子痛，一直吐，不想吃饭，还是麻子爷爷开着三轮车，拉着奶奶和花花去的村卫生所。村卫生所的医生王大响拿听诊器听了听，说是急性肠胃炎，没啥事，吃两天药就好了。

“好了就行，看当时花花疼得满头大汗，把你奶奶吓得不轻。”麻子爷爷说。

“听说队长家昨晚被小偷偷了，身份证、存折和几千块钱让小偷给偷走了？”奶奶问。

“可不是，天还没亮，大柱就拿着户口簿去城里挂失去了。”麻子爷爷说。

“你说小偷咋那么大胆，敢翻墙头进屋里偷？”奶奶说。

“听庞围孜的人说，小偷还敢把大门撬开，赶猪羊呢。”麻子爷爷说。

“现在的小偷胆子太大了，村子里又该打更了。”奶奶说。

说着走着，麻子爷爷到家了。在池塘边，花花看见龙龙在钓鱼。花花喊他回家，他不吭声。“别管他，他是个犟筋头，饿了就知道回来了。”奶奶说。到家后，花花把雪儿拴在猪圈北边的一棵杨树上。奶奶准备做晚饭，炊烟生了起来。锅盖上的热气还没散，龙龙就回来了。

“还知道吃饭啊，没玩饱？”花花说。

“不要你管，瞎操心。”龙龙一条鱼也没钓着，正生气呢。

“龙龙，你玩野了，净跟你姐斗嘴。”奶奶嗔怪龙龙。

大锅里煮的是红薯稀饭，馏的是馒头。花花在小锅里炒了一大碗青豆角。龙龙能吃饭，大馒头吃了一个半，一大碗豆角吃了多半碗，红薯稀饭喝了一碗。花花只吃了一个馒头，夹了几根豆角，喝了小半碗红薯稀饭。

“花花多吃些，你又瘦了。”奶奶说。

“我吃饱了，你们快点吃，我好刷锅。”花花说。

“别管她，爱吃不吃，瘦得像一根豆芽菜。”龙龙说。

“谁像你，胖得像小猪一样！”花花也不让龙龙。

吃过饭，花花把羊牵进堂屋里。三个人看了一会儿电视就睡了。院子里有猪圈，猪在圈里。奶奶在大门口的屋里睡，花花和龙龙睡在堂屋里。花花把门闩好，还上了锁。躺在床上，花花看见月亮像镰刀一样悬在夜空，星星的伙伴很多，密密麻麻地挤在一起，像是蚂蚁在开会。

龙龙真是个小猪娃，钻进被窝里就睡着了，花花却睡不着。花花想起了麻子爷爷说的话。“奶奶年纪大了，自己和龙龙又小，小偷可别来赶俺家的猪。要是大和娘在家就好了，小偷来了也不怕，一家人能把小偷赶跑。”花花想。

花花就是这样，无论开始想的是什么，到最后总想到大和娘。白天，花花提水，水桶太大了，花花只提半桶水，花花想要是大在家就好了，大一只手能提一桶水。花花去镇上赶集买油、盐、酱、醋、米，走得腿疼，花花想要是娘在家就好了，娘会骑车带着花花去。夜里，起风了，下雨了，窗外有什么东西响，花花想要是娘在家就好了，花花会躲在娘的怀里，抱住娘的脖子，花花就不会害怕了。山上炸石放炮了、村子里的狗叫了，花花想要是大在家就好了，花花就不会被惊醒。想着想着，花花把头发辫子攥在手里。想着想着，花花把头发辫子贴在脖子上、脸上。细细的发丝散开，像母亲摊开的手掌，轻轻地搂住花花的脖子，触摸花花的面庞，让花花感到暖意融融。想啊，想啊，小小的女孩睡着了。

在梦里，花花看见公交车停在村口，大和娘从车上走了下来。花花扑到娘的怀里，娘牵着花花的手。娘还拿出一只漂亮的蝴蝶结别在花花的辫子上。“俺家的花妮儿真好看。”娘说。娘笑了，花花也笑了……

梦中，花花的小脸真像一朵花儿。

相亲

李占祥

乡下的男孩子，到了一定的年龄，大人就会张罗着为其相个媳妇，而且越早越好，这叫“占媳妇”“娃娃亲”。这已是约定俗成的规矩，没什么道理可讲。正如我父亲那时反复念叨：“人人都给自己的孩子占媳妇，咱不占，让人家占了，你找谁去？”

所以，父亲在我8岁的时候，也开始频频向亲戚朋友们发出信号：儿子长大了，要占媳妇了，有可心的就多留意多操心。

其实，那年8岁，我刚上小学二年级。上学对我来说是件顶顶重要的事，因为我知道识字人的能耐大了去了，我想将来我也要做个识字人。除了上学，其他屁事我都不懂，整天和我的伙伴们疯玩。放学了我就会和那些狐朋狗友们（父亲骂我们的话）到我们的大本营——农业社时的大队部去。最有趣的游戏当数娶媳妇。一起玩的伙伴中有女孩子，当然也就有人扮媳妇了。但往往没人当小丈夫。怎么办呢？我们男孩子就抓阄。谁抓了有字的阄，谁就去当小丈夫。其他人做吹鼓手、轿夫、伴郎、伴娘等，各有分工。做了小媳妇的小女孩经常心里并不情愿，我们就用不扮媳妇以后不准和我们一起玩来要挟。所以，“小媳妇出嫁”时的哭泣有时会以假乱真、假戏真做了。

当父亲说要给我占个媳妇这件事的时候，我并未在意，不就是找个媳妇嘛，我已经娶过好几个“媳妇”了。

说有就有了。一天中午，我放学回家，只见上房里烟熏火燎的，我知道是有人在喝罐罐茶。让我奇怪的是，父亲是不常去上房喝罐罐茶的，他怕把房子熏黑了。在上房喝罐罐茶，说明家里来了贵客。谁呢？原来是我一个姨父顺路来我家，还说有点事。姨父对我特别好，我一到他家去，他不是炒鸡蛋就是下长面，从不吝啬。所以我也就不管是什么事了，先去问声好再说。到了上房，只见父亲眉开眼笑，正和姨父谈得高兴呢。什么“姑娘长得蛮俊俏的，挺勤快的”之类的话，我也没太在意。姨父见我来了，笑着说：“看咱们家这娃，也长大了嘛。我这么大的时候早已占下了。哈哈哈……”我抓耳挠腮的不知说什么好，反倒把父亲和姨父惹笑了。父亲神秘地说：“那他姨父你就多费心，多说好话，成了好好谢你。”

一个星期天，父亲不让我去给牲口寻草了。他让我穿上过年穿的衣服，还让我用肥皂洗了个头。我有点纳闷，不知有什么好事。还是母亲告诉我，要到我姨父家去。这让我更加狐疑，到姨父家去也不必这么正式嘛，平常不是很随便就去了吗？姨父家住的那个村子偏阴，挖一铁锹就是红土沙石，就会有水，随处可见野生草莓，所以我在草莓快熟的时候常常盼着能到姨父家去，那样我可以摘到连梦中吃起来都香甜的野草莓了。我穿了新衣服，屁颠屁颠地跟在父亲后面，心里想着我的野草莓。路上，父亲到一个小卖部买了两瓶酒，两包冰糖。酒是洋河大曲——父亲常说起的好酒，到谁家喝上一次向人炫耀好多天呢。我惊奇父亲今天怎么那么大方，不就是到亲戚家去吗，何必拿这么贵重的礼物呢？

到了姨父家。姨父正在家等着我们呢。见我们到了，也不让坐，直接说：“那家人在呢，咱们赶快去。”说完他在前面带路，我们便一同往邻近的一户人家走去。

那天的事情越搞越离奇了，“丈二和尚摸不着头脑”这句话用在那天的我身上，是最恰当不过了。

这家人的院落前是一个大碾场，碾场上摆放着一个石碌碡，场边是大大小小的柴垛。几只老母鸡正悠闲地踱着步子，不时低下头啄啄这儿，啄啄那儿。其中一只伸长脖子"咯——咯——蛋"地叫着，像个功臣似的，肯定是下了蛋了。它们见了我们不躲闪不惊慌，显然是惯坏了。这家人的女主人肯定和我母亲一样，爱鸡如命。

当然这些都是一闪念的工夫，没容得我再往下想，一只大黑狗突然狂吠起来；那叫声还有一种感染力，引得四邻的同类也都狂吠起来。那叫声也很煽情，鼓动着待在屋里的男女老少都不由地走出家门，伸长脖子想看个究竟。

狗叫也引出了这家人。木门开了，闪出一个姑娘，扎着两条麻花长辫，个头和我一般大小。我只顾防狗咬了，没仔细看这姑娘和我那几个"媳妇"有什么区别。只听她脆生生地喊那大黑狗："黑虎，别叫！回窝去。"那叫黑虎的狗便低吼着顺从地摇着尾巴，不情愿地回到了自己的窝。长辫姑娘朝院里喊："大，来人了。"我们三个人就鱼贯而入。这家主人光着脚丫正在院子里干什么，见来人了，赶快停下手中的活儿，对我姨父说："他叔，来了！"姨父也满面笑容地说："小红大，在忙呢！"

那叫"小红大"的主人就把我们让进了上房，让我们上炕。然后端来火盆，让姨父和我父亲喝罐罐茶。姨父趁机笑着说："这是我向你提起过的我那娃的姨父和他儿子，今天来认个门，以后再有机会了好来。""小红大"搓着手说："看你说的，来的都是客嘛。啥话先别说，上炕喝茶。"说着就要把姨父和父亲推到炕上。两人推辞了一下，也就上炕了。我看见父亲上炕时顺势把那手中的酒和冰糖放在了后堂的桌子上。"小红大"让我也上炕去，我急忙看父亲，父亲赶紧说："娃娃家，在板凳上坐着就行了。"

于是，我就坐在了后堂桌子旁的一把椅子上。但我实在是无聊，大人在一起喝茶聊天，抽着旱烟，我是无事可做呀。忽然我发现桌子上放着一本书，拿起来一看，是《封神演义》。村里正月唱戏的时候就有封神戏，我是忠实观众，每场必看，有些情节我也非常熟悉了。很快，小说的精彩情节吸引了我，连几个大人说啥我都没听见。

正看得起劲，那土行孙眼看就要娶上媳妇了，猛听见父亲喊我的名字，说：“你看这娃，拿上书就啥都不顾了！吃饭了，还不帮着端饭。”一位婶子端着饭过来了，边往炕桌上放碗边说：“小红这死丫头，让端个饭，死活不端，娃越大越懒了。”我想这肯定是小红妈了。其实有生人的时候我也不敢端饭，这小红可能和我一样吧。

到第二碗饭的时候，姨父又催我了。我想，还是要表现一下吧，不然人家会说我也是懒娃。于是我端了两个碗，去厨房端饭。在厨房门外，只听小红妈还在抱怨小红。我进去了以后，小红妈打住了话题，夸我说：“你看你，怎么能让你端饭呢？看人家娃，多勤快，帮着端饭。”这后半句话是对小红说的。我偷偷瞧了一下小红，只见她站在灶头旁边，手里搓着发梢，噘着嘴巴，把脸拉得长长的，那红扑扑的脸蛋显出几分委屈。她上身穿着一件花格子衣服，布鞋上挂着几根麦秆屑，个头和我一般大小吧。唉，这小红还不如我那其中的一个“媳妇”好看呢。这样想着，我还是赶紧端了小红妈盛好的饭，走出厨房。再回头看小红，却不料小红也在看我。四目相遇，我有些慌乱，这小红的眼神和我那几个“媳妇”的不太一样，怪怪的，让我心里有一种麻酥酥的感觉。我急忙回头，慌乱中有一种什么东西被生生扯断的感觉。我也从小红的视线中看出一只小兔子突突地四处奔跳，被什么惊了的样子。我快步离开厨房，身后隐隐听见小红妈急切地问小红：“你看了吗？这娃长得怎么样？”小红怎么回答的，我走得快，没听见下文。我有些奇怪，这小红妈让小红看我长得怎么样干什么？我一个娃娃家，那还能不变吗？

吃完饭后，父亲把他拿来的酒打开，三个人又喝起了酒。三三五五地喝了一会儿，几个人都有点话多，嗓门比先前高了许多，好像害怕对方听不见，吵得我也看不成书了。我抬头看父亲，只见他脸红红的，很幸福的样子。我担心父亲会喝醉，因为父亲的酒风不好，醉了说这说那的，七十年的糜子八十年的谷，便随着那泪水一起滚落下来。

赤红着脸的姨父粗声对黑红着脸的父亲说："他姨父，我看酒喝好了，今天认个门，熟悉了再和小红大好好喝，怎么样？"父亲好像惊醒了，连忙说："就是，就是。你看把他叔给打搅了半天，活儿都没干成，以后再喝。"说着两人都溜下了炕，蹬上鞋子就走。小红大急得光着脚下了炕，说："你看你们两个人，怎么说走就走呢？刚开始喝嘛，别急别急！我下午也没啥活干。"父亲和姨父三步并作两步跨出了上房的门槛，我紧随其后。小红大在屁股后面连声说："急什么嘛，急什么嘛！"

在回家的路上，父亲低声问我："你看到那个女娃了吗？怎么样？"今天我就见了小红一个女娃，我想父亲问的就是小红了。我偏说："什么怎么样？就小红吗？"父亲说："是呀，那是给你说的媳妇呀！长大了做婆娘呢！"我只想着那还没有熟的野草莓，未看完的《封神演义》，还有小红慌乱的眼神，我只感觉到小红大的热情和小红妈怪怪的问题。我没有想到让小红做我的婆娘，真的，这事我觉得好像姥姥的故事中的事一样遥远，像村里的那几个女娃一样做"媳妇"还可以。我再没有回答父亲这个问题。

后来，听姨父说，那小红大嫌离他家太远，不愿意。这事就撂下了。

长大后，我和朋友、同事一起聊天的时候，说起这段经历，许多人七嘴八舌地说有类似的经历，还有的人就是这样成的亲、结的婚，挺好的。

要是和小红成了两口子，现在会是什么样子呢？我不知道。

当我经历了许许多多的事情后，发现其实人生有很多时候很多事情都充满了偶然。偶然的机会，你会和一个姑娘认识，然后恋爱，然后结婚；偶然的机会，你找到了挣钱的门路，车有了房有了；偶然的机会，你得到了上司的赏识，升职了；偶然的机会，你的文章变成铅字，有人阅读欣赏了……

年关的丸子汤

蒋建伟

快过年了，一串串红红火火的鞭炮把树枝都压弯了。

豫东一带的年关，几乎没有什么明显开头，地闲人懒，扎堆聊天，聊着聊着，就陆续来了一些卖鞭炮、年画、花车、灯笼的小贩，随便一吆喝，人立刻一激灵，年就到了。人们议论最多的，还是这个喜气洋洋的年。村头村尾，虽说腊八刚过去没有几天，但零零星星的鞭炮声以及杀猪声宛如一只小手，把小孩子挠得浑身痒痒了，就一窝蜂地朝着声音的源头跑，红脸蛋仿佛一张张年画贴满了乡村的大街小巷。隆冬腊月里，迎着寒冷的北风，哈一口热气，北风里荡漾开来的，是一股股香喷喷的年味儿。

村里人过年，家家必干四件大事：做绿豆丸子、炸麻叶子、蒸馍和炸油果子。做绿豆丸子，是大事当中的大事。因为绿豆丸子不仅只有我们几个小村才有，而且它好吃、耐储存，放上一个月也照样新鲜，正月里拜年、走亲戚送礼，都要在礼篮里塞几把绿豆丸子，讨人家喜欢。一大早，娘就说："马上要到年关了，我们泡几盆绿豆吧？"我们恨不能把十根脚指头都举起来，高兴地说："好！"纷纷抢着去挑井水。井水挑来了，娘首先用簸箕筛选出上好的绿豆，倒进两三个大红盆里，再添上井水，井水和绿豆的比例是3：2，然后泡上一夜。到了第二天，真正的忙碌就开始了：这时候的绿豆已经被泡得“皮笑肉不笑”了，但依然是一副“黄皮肤绿长衫”的模样。“我们只有不停地顺时针搅动满盆的绿豆，然后逆时针拿漏勺在水面上做蜻蜓点水状，飞快地捞出漂浮起来的“绿长衫”，才能使绿豆真正做到皮肉分离。捞绿豆皮的时候，我们必须半弯着腰，叉开腿，心、眼、手连成一条线，一捞就是一个小时。即使我们轮流替换，但谁受得了这份罪？一天下来，常常是小嘴噘得能拴住一头叫驴。等第三天再去捞绿豆皮时，谁都不积极，连放屁都没有人笑话了。

过年过年，大人慌，小孩馋。第五天的头晌，我们把三大红盆湿湿的绿豆瓣儿装上一辆架子车，爹在前头拉车，娘在车把的旁边拉，四个小孩在车屁股后头龇牙咧嘴地推，准备到村中蒋大炮家去磨绿豆沫儿。可到了地方一看，好家伙，院子里都是等候磨绿豆沫儿的人，排在我们前面的还有四五家。蒋大炮家的叫驴累得嘴里直往外吐白沫儿，人只好代替驴。大人小孩一替一歇，慢得像老太婆纺线。看样子，要等到天黑才能排上号。娘为了节省时间，回家准备炸绿豆丸子用的胡萝卜、青萝卜等配料去了，我们就趴在架子车上等。等着等着，就睡着了。等我们冻醒后睁开眼睛一看，院子里早已点起了一盏明晃晃的汽油灯，前面还剩下一家。爹小声安排老二回家叫娘，指挥我们往下卸东西，随时准备战斗，说得我们的劲儿一鼓一鼓的。

看着三个装满绿豆瓣儿的红盆，我仿佛已经满嘴油花地喝上了辣乎乎的绿豆丸子汤了，我使劲擦擦干巴巴的嘴，吸溜了几下鼻子。

娘跑来了，连围在腰里的黑围裙都没有来得及脱，一上来就慌着点小石磨眼。爹一边第一个当“驴”，一边为娘纠正一些动作，说别用清水点，最好用青萝卜，这样磨出来的第一道沫儿才会味道正宗。说得周围的人都拿眼睛嘲笑娘笨。娘多能啊，右手拿瓢狠狠打了爹一下说：“就你啥都会！既然你啥都会，你自己咋不生孩子啊？”一句话，把爹噎了个半死，拉着石磨半天没有吭气。

第二个当“驴”的是老大，但是没有拉七八圈就缴枪投降了，我们都乱笑老大是麻秸一根！老大说：“你们还不一定能胜我呢，笑啥笑？不信试试！”我逞能，像“二百五”一样冲过去，结果推了没有两步就累趴下了，害得一圈子人都笑歪了嘴。正笑着呢，爹不知道从哪里牵回来一头老黄牛，把我扯到一边，套上牛，说“驴”站一边去，关键时刻还得靠牛！娘给了我一个立功的好机会，让我替她拿瓢接绿豆沫儿。这个活轻松啊，谁都可以干，只要别让绿豆沫儿顺着磨沿流到地上就行了。我也一时轻敌，刚开始接绿豆沫儿时，瓢总是对不上磨缝子，接着是跑的速度和牛的速度不一致，瓢在磨缝上忽快忽慢，忽前忽后，跑得气喘吁吁的，还老挨娘的骂。爹倒是不骂我，但他要我学习牛走路，我学了半天也没有成功，干脆就把瓢让给爹，自己看笑话。结果，爹学得比牛还要牛，绿豆沫儿一瓢接一瓢地甩进红盆里，迈步收步几乎和牛同时，整齐划一，简直就像亲哥俩！于是，我们都转向学习“牛走路”了。

一年四季，一锄一犁，人欢马叫，日东月西，眼巴巴盼了300多天，其实，就为了年关这20多天的喜庆日子。爹无限感慨之后，老脸一沉，把瓢朝我面前一递，意思是该我出场了。好在这时候，我已经变成了一个老手，速度快，动作娴熟，越发骄傲起来，简直有点不知道王二哥贵姓了。正得意呢，老黄牛忽然停了下来，“哗哗哗哗”尿了一泡儿。我赶紧端红盆，免得绿豆沫儿里溅进去了牛尿。但不幸的是，还是溅进去了一点点。我吓坏了，偷偷地看了一眼娘，娘正好也在看盆，好在她最后只是朝我笑笑，并没有当场揭穿我。等到老黄牛再次撅屁股的时候，我应变快多了，红盆被保护得相当好，一点牛尿也没有溅进去，我心里兴奋极了。不过，兴奋仅仅持续了十几分钟，我望着自己的裤腿上、鞋子上，怎么也笑不起来了。因为，那上面满是热腾腾的牛粪。

深夜十一点多了，我们才七手八脚地回家，倒香油，烧大锅，娘往绿豆沫儿里拌上一些碎萝卜、葱、姜和细粉，用精盐和味料那么一打滚，依次类推，干净利索，末了，随便端起来一盆斜放在锅台上，只等着丸子们一个一个下油锅了。油开始微微泛起，烟贴着波纹一丝一丝地向中央集合。不等中央部分形成什么气候，娘就半握着左拳，拳里塞满了东西，捏出了铜钱口大小的一柱绿豆沫儿，只见她右手一揪一团，一点一送，下到锅里，嘴里还不停地向老天爷许愿求福，保佑我们家明年五谷丰登，富贵吉祥。爹纠正说："孩儿他娘，老天爷在外边的院子里，根本听不见你许愿。要许，你只能许老灶爷的愿。"我们四个人不信那一套，两只手都抓满了绿豆丸子，油汪汪的小嘴塞得鼓鼓囊囊的，一个比一个大。爹说："看你们能吃的！等一会儿，还要煮一锅绿豆丸子汤呢，看看谁的肚子还能装得下？"

终于，娘给我们每人盛了一大碗绿豆丸子汤，灌一口，那叫一个热乎啊！我欢喜得屁颠屁颠的，不要命地吃，嘴巴上连汗和鼻涕都分不清了。娘问我们："过年喝丸子汤好不好？"我们纷纷点头。爹说："年才刚刚开头，好吃好喝的都还在后头呢！"突然，我吃到了一个酸酸的绿豆丸子，心里"咯噔"一下，问娘："娘，这个绿豆丸子咋这么酸呀？是不是牛粪……"

"胡说个啥？"娘狠狠地拿眼剜了我一下说，"这里面怎么会有牛粪味儿呢？肯定是……汤里的醋……放多了……才这么酸！你你你……不想吃，滚蛋！"

我想笑又不敢笑，想说又不敢说，只好和他们一样，一个劲儿地埋头海吃。

紧接着，一个香喷喷的年关，正一丝一缕地飘进我们家的小院。

人不留客火留客

叶书麟

萍乡的农村人家，家家户户都有一间火炉屋。

当天气冷下来，有老人、小孩的人家就开始烧火，冬天时老人大都是在火炉边度过。早上，女人一边弄早饭，一边将火炉放好柴点燃，将小孩的衣服烤暖，接着到老人的房间里叫老人起来准备吃早饭。然后拿着已烤暖的小孩衣服，到自己的房间给早已醒来正和丈夫在被子里逗笑的小孩穿上，轻轻地对丈夫说：“懒鬼，火烧得正旺，还不快起来带娃娃去烤火。”

一家人就相继进了火炉屋，火炉屋里开始有了说笑声。

烧火用的柴火很讲究：最易燃的是干的杉树枝、松树枝和杂树的枝叶，一点就着，烧到刚变成灰就被火苗冲起，满火炉都飘着“雪花”，满身都是灰白花点，青、灰衣服也成了花衣。一般用糠头(谷壳)、锯木屑、茶油籽壳等盖压在柴上，既减少了灰尘，又延长了柴的燃烧时间。最难烧的是刚从山上砍回来的湿树枝，必须用干柴引火，一旦点燃，那就像放鞭炮，既飘“雪花”又冒烟。最好的柴是干透的硬柴棍子。不论是小火还是熊熊大火，都把你烤得两颊通红全身发热。

童年的冬天没有电视，做完作业就去火炉屋依在大人身边听大人讲故事。我的婆婆是讲故事的高手，尤其擅长讲鬼故事。她讲的鬼大都是喜欢和小孩子玩耍的好鬼，例如说一小男孩上厕所，手端着油灯没处放，一只大头鬼正好从梁上倒挂下来，将脑袋伸到小男孩身前，小男孩将油灯放在大头鬼的头上。大头鬼说:“小家伙你好大胆。”小男孩说:“小鬼你好大头。”我们既爱听又害怕，弟弟上厕所非要我做伴，听完故事后睡觉都争着要与大人睡一头。

火炉里还有吃的东西。很小的时候，吃过叔叔在火炉的热灰里煨的红薯，那香喷喷、甜丝丝的味道令人难忘。稍大后，我也常常趁大人不在时将红薯、芋头、土豆、板栗偷偷地埋在柴灰里煨着。如果在熟了时恰逢大人坐着总不离开，那个时刻是想吃又不敢让大人知道，还担心时间过久会烧煳，这时坐在火炉屋里真有点像是热锅上的蚂蚁。有时也会被大人发现，免不了挨几句骂，但不会被没收。于是，嬉皮笑脸地与大人分了吃。这么好吃的东西谁不爱吃啊！

烤火时，大人们常常会用手指着挂在火炉上的腊肉说:“这块是给你吃的，那块是给妹妹吃的……”逗弄得小孩们老想快点过年。家乡的火炉是与萍乡著名的传统熏腊制品分不开的。以前农村很穷，平时无钱买肉也没地方买肉，一年到头很难吃上几次鲜猪肉。农村人家春天买一只猪崽，养到冬天就把它杀了。除了请亲友邻居吃一顿“杀猪饭”，其余的猪肉、猪杂用盐腌制后放在火炉屋里熏干，留着过年和春天耕种时吃。于是，火炉屋里就有了腊肉、腊猪脚、腊猪肝、腊猪肠、腊猪肚、腊招财(猪舌头)、腊猪心。同时也有了腊鱼、腊鸡、腊鸭、腊鹅、腊牛肉、腊驴肉、腊羊肉、腊狗肉……五禽六畜，天上飞的飞禽，地上跑的野物，只要是能吃的，萍乡人都会将它制成美味可口的腊味。火炉屋里还有腊芋头、腊红薯、腊豆腐(盐豆腐)、烟笋等腊菜。

白天的火炉屋是中年女人的天下，不打麻将的女人同样喜欢闲聊，她们在火炉屋里一坐下来，就东家长、西家短地聊起来，如某某家媳妇孝顺，某某家的小孩学习好，某某赚了多少钱等等。一聊就是小半天。

前几天去清泉村看望老岳父，返回时去看了老朋友刘启明。刘启明以前当过村长，他家的火炉屋里很热闹，看见我们几个人进来，原来烤火的几位站起身迎接让凳。我推让说请她们坐，她们说火炉屋里的老规矩是“前客让后客”。她们又去另一家的火炉屋串门了。刘启明招呼我们坐下后立即添柴烤火，他老婆沏上了热茶又去热酒，并端上几盘自产的盐果子和油炸红薯片、麻片。我们一边喝酒一边聊天，柴火、热茶、温酒、盐果子，这地地道道的农家气氛让我们重新回到了二三十年前。不知不觉两个小时过去，家里人催我动身。刘启明说：“别说走了，安心坐下烤火，‘人不留客火留客’。”

“人不留客火留客。”这句家乡的土话从小到现在听了几十年，每次听见都是那样的亲切。

夏日草原

安宁

暑假在呼伦贝尔草原阿妈家居住的时候，每天凌晨 3 点，她就要起来挤奶。5 点的时候，家家户户的牛像约好了似的，一身轻松地出了家门，排队走到草原上，在那里一直悠闲地待到下午 5 点。很少会有主人看守，它们有自由自在的天地。除非是刚刚买来的牛犊，需要一两个月的时间，由人带着它们熟悉回家的路线。几乎所有的奶牛都天生有一种本事，可以准确地找到回家的路。我猜测它们之间也像人一样，会相互提醒离去的时间，或者分手的时间，彼此告别致意，约好明天再见。所以除非是被人强行绑架了去，它们就是这片草原的主人，没有人能够夺去它们美好诗意的栖居。

而晚饭后，就会看到牛群排着队，像放学的小孩子一样，陆续走回各自的家。而阿妈当然又要忙着挤奶了。

有一天，我看到院子里的牧羊犬朗塔大张着嘴，一直在流口水，表情好像一个小孩子忽然吃了一口什么不喜欢的东西，觉得恶心一样。问了阿妈，才知它已经这样张着嘴一整天了。昨晚它看到一只途经脚旁的青蛙，觉得好奇，就咬了一口，大约那味道不怎么好，也不对它的胃口，所以就赶紧吐了出来，任那青蛙溜走。我猜想那只青蛙一定蹲在某处，得意地笑着，并偷窥着朗塔的窘态。

牛犊们也懒惰，早晨像我一样，睡到 10 点才懒洋洋地起来。它们的母亲早已出去吃草，并为它们储备奶汁了。闲来无事，它们便在庭院里四处溜达，偶尔会跑到菜园里，稀奇地四处瞧瞧，并趁机偷吃一点什么。如果房间没有关门，它们还会大大方方地走到屋里去，将阿妈刚刚采摘好的豆角或者茄子踩上几脚。实在找不到什么可以破坏的，它们就站在那里，抬头看看，并“扑哧扑哧”地拉出一坨牛粪来。因为吃奶，它们的牛粪还是稀的，不像吃百种草的大牛的粪便，晒干后还能用来烧火。

阿妈闲着没事，就坐在厨房靠窗的椅子上，看着院子里撒欢的鸡发呆，琢磨着哪只看上去足够肥硕，可以杀掉吃肉了。不过整个夏天，锡尼河西苏木上被人琢磨最多的，是牛。20 多个学生的升学宴，外加结婚的喜宴，也就意味着要有 20 多头大牛被宰杀吃掉。所以，整个夏天是学生们的盛宴，对于牛们来说，却有一点点悲伤。镇上有一个屠宰场，据说很多牛常常刚刚走到门口，就很敏感地捕捉到了死亡的气息，并流下大滴的泪水。马与骆驼同样会在被人宰杀之前，用眼泪倾诉内心的感伤。所以，草原上的人们宰杀动物，并不是白刀子进去红刀子出来那样残忍，而是先击中其头部，使动物暂时昏迷，并在其昏迷的两三分钟内，迅速放血，使其很快地死去，而不至于承受太多的痛苦。

镇上很少会有小偷出现，家家户户都是大敞着门睡觉，即便有篱笆，也完全是摆设，不过是防止牛出去罢了。若是有别家的牛误进了自己家，大家都会自觉地将牛赶出去，如果失主在某家牛棚里找到了自己家的牛，打起官司来必胜无疑。所以，如果一头牛走丢了，大抵是迷了路。

因为一个月前丢失了两头小牛犊，阿妈会让儿子贺什格图每隔两天就拿上望远镜，骑上摩托车，去草原的各个角落找牛。几天前去辉河玩，他还特意跑到山脚下，看看有没有自己家的牛。我惊讶地说："牛会走这么远吗？"他说："会，它们一旦迷了路，可能就会在外面闲逛很长时间，才能慢慢找到回家的路。所以大家丢了牛，基本上都会在草原上四处找，很少会跑到别人家的牛棚里去寻。"

不过，男人们在去打草的时候缺水少粮了，有时候也会跑到草原上某个蒙古包或者布里亚特人家的房子里，见到没人，顺手找点吃的喝的。一次，贺什格图在离家很远的草地上打草，在临近尾声的时候，同行的人先回去取车，让贺什格图负责看管打好的草。来回他们要花费半个月的时间，因为余粮太少，只给贺什格图留下了一小桶水和一箱方便面。起初，贺什格图一天吃一袋方便面，尽量只睡觉不活动，还能坚持住。有一天，他实在支持不住了，就跑到最近的一家布里亚特人家的帐篷里，想找点东西吃。恰好那家没人，贺什格图在桌子上发现了一条诱人的煮熟的羊腿，坐下就大口地吃起来。吃完了发现外面下起了雨，索性躺在人家的床上睡了，醒来还未出门，就见男主人回来了。贺什格图有些不好意思，将自己的"罪行"老实交代了。男主人一句话也没有责怪，还热情地倒了一杯奶茶，请贺什格图坐下来慢慢喝。

在贺什格图讲述这些的时候，草原上旅游的人群还没有散去，而整个镇上的人却已经开始忙碌着准备打草了。过不了多久，当我和游客们一样离去的时候，贺什格图也该开着打草车，重新踏上漫无边际的草原，过一到两个月孤独的打草生活了。那是他与阿妈们的生活。而我们，只不过是恰好路过这片夏日美丽的草原。

乡下知客

张国华

嘴巴叼支烟，耳朵夹根烟，见人三分笑，作揖问声安。这就是过去典型的乡下知客形象。乡下办喜事，知客是少不了的。迎来送往，安排席座，左右周旋，你都能看到知客的身影。因此，要想把整个宴席布置得周全，这知客可得请好了。

早先，因物质发展水平的限制，乡村地区办喜事的家什通常都是东挪西借的。在办事的头一天早上，知客会最先来到东家家里，捞忙的人（酒席间帮忙打下手的人员）也随后聚了过来。在东家的堂屋桌上，酒菜早已备好，只等知客和捞忙的人前来就餐。待他们吃得兴起时，东家便在一旁抱拳说道："张三家一张桌子，李四家四套板凳，王二麻子家两口大锅，小淘气家十套碗筷……"不到半天工夫，家什便置备齐全了。

现如今，经济发展了，办喜事也不用再借家什了。厨师班子都是一条龙服务，知客的活便轻松了许多。有些时候，知客还会西装革履地把自己打扮一番，用全新的形象，诠释知客独有的风采和魅力。

前不久，我在武当宗师张三丰的出生地——懿州古城，参加了一场庄稼院的新婚庆典，真切地体验到了知客的风采与魅力。一大早，喜事开场，东家拿出一条烟，交给知客。知客连忙接过来，夹入胳膊下，走到院子中央，对着一大堆捞忙的年轻人开始嘱咐道："兔崽子们都长点眼力见儿，干活麻利点，听到我喊就马上赶过来！"说完一人甩给一包烟，捞忙的小青年接过烟，连连承诺："您就瞧好吧！"

安排好捞忙的人，知客又马上去接待前来贺喜的宾朋，顺便告诉随礼的账房在哪儿。西邻的堂屋炕上，已经摆好了账桌，写礼人和收礼人都已坐在桌前。烟、茶水、礼簿和笔也已准备妥当。随礼的人纷纷进屋随礼，喝茶，抽烟，闲聊。

东家这边，待婚礼仪式一结束，新亲便开始入席。等四碟八碗端上来后，知客就面对新亲开始演讲了。"尊敬的各位新亲贵宾，现在开席啦！大喜日子大吉利，多吃多喝别客气，时间多多别着急，好酒好菜包满意！"接着，引领新郎开始一桌桌地敬酒。锣钹鼓乐在院子里吹奏得越发响亮，热闹的气氛一浪高过一浪。这时候，为体现对新亲的厚待，在预定的酒菜以外，还要给新亲加两个菜。这时，新亲会给厨师一些赏钱。接过赏钱的知客，扯着嗓子喊出数目，使屋里屋外都听得真切。接着一溜烟跑到厨房，把钱交到大厨师手里。大厨师用勺子磕磕锅沿,放开嗓门朝新亲坐席的窗口喊:“谢新亲赏！”

除了招待好亲朋好友，知客也得将酒席间的突发情况处理周全。正巧，我参加的这次酒席正好遇着这样一桩事。当知客将赏钱交给大厨的时候，东家门口来了两个贺喜讨钱者正腮帮子鼓足劲地吹唢呐。知客忙从东家手头取了些零钱分给他俩,扯扯他们说道:“快走吧,快走吧,到别的屯转转去。”两人钱一到手,便立即停止吹奏,喊了声“给东家贺喜了”,便转身离开。

知客回到院子，拿了一个大茶缸子,沏了一大缸子酽红的浓茶,稍微一凉,便拿起咕咚喝了一大口。再往屋里一瞧,酒过三巡,菜过五味,新亲领队喝多了,就是不离桌。眼看着日头往中天挪，老亲们挤满了院子，新亲再不撤，要耽误老亲开桌了。东家急得团团转，知客看到眼里,三步并作两步地奔到新亲那桌,满是笑脸地说道:“老哥，要不让亲家公再给您满一杯酒？”新亲领队说:“别亲家公了,就你了,咱俩划三拳,要是你赢了,结束战斗。”知客袖子一撸:“来吧。”随着一阵儿手指翻飞,三轮比画之后,知客获胜。领队喝了最后一杯酒,立即下地,高喊一声:“新亲喝好了,离席！”

新亲一群人纷纷离席到院子里，知客喊人从厨房里拿出早已准备好的“离娘肉篮子”,交到新亲领队手里。姑娘是娘身上的肉,被人娶走了,给一块肉权当象征性的补偿。知客吆喝新亲拎着离娘肉合影,合完影,新亲擦了擦眼泪就上车了。

送走新亲，知客马上嘱咐捞忙的人收拾碗筷,开始招待老亲。老亲们刚开始坐席的时候，一般都是关系比较好的、熟悉的、酒量都很好的,或者一起来的坐一桌。知客站在喜棚门口一看,好几桌都没坐满,这样开桌浪费酒席。知客这时就得尽力调整几桌,保证桌桌满额。这看似简单的事,其实也并不简单,谁也不愿意被拆坐到其他桌上。知客近前,先拿一桌作为突破口，凭着三寸不烂之舌,连哄带劝,终于把每张桌都凑满了。

老亲的席面要开四五轮，每轮席开席前，知客奔跑在厨房和宴席之间，等到厨房说可以开席，知客便命人放一串鞭炮，然后站在喜棚一端，开始吆喝："各位老亲少友，我代表东家感谢大家前来贺喜，东家准备了丰盛的宴席，大家吃好喝好！"一片笑声中，流水席开始了。开席后，这张桌子缺酒，那张桌子再加个人，都由知客来安排。东家对厨房有某个要求，也要通过知客来传达。知客跑来跑去，忙得不亦乐乎，脑门子都渗出了汗，却依然满脸的高兴。

忙碌了大半天，等知客的嗓子喊哑了，酒席也快进入尾声了。当忙完最后一轮席的时候，知客也可以和厨师、捞忙的人员一同坐下来，吃个安心饭了。但此时，知客早已全身疲乏，口干舌燥，啥也吃不下了。这时候东家给大家斟酒，连连说道："为了办这桩喜事，大家都受累了！"厨师拿了老亲新亲双方的赏钱，喝得自然高兴。可是对于知客，东家一般只给点烟酒，但他心里不会有什么不满，因为他看重的不是钱，而是盘活场面带来的喜悦。大家开心了，他也开心。

夕阳西下，懿州古城塔上依旧雀儿跳跃。一直以来，乡下大地上活跃着很多知客，在喜庆的舞台上，演绎着一幕幕活色生香的场景，把喜事糅合得顺意而又圆满。老百姓的生活离不开这个群体，他们是大家伙信得过的人。

大年初三 忙偷春

吴名

偷春，也叫“偷青”，即偷青菜，是我的家乡过春节最有趣儿的风俗之一。

过了大年初一，村里人就“预谋”着偷春的事儿了。所谓“预谋”，就是事先牵牛到菜畦边吃草，或假装找什么东西，到地头去侦察谁家地里种了些什么青菜，谁家种的青菜最大棵，大蒜长得最大蔸，萝卜长得最大个。等到年初三，村人就早早起床，趁着微露的晨曦，提着一只大竹篮，偷偷地溜进预先看中的坡地里“偷”摘青菜、大蒜、萝卜、番茄……

家乡的偷春有着约定俗成的规定：偷青菜只能偷一棵，偷茄子只能偷一只，偷大蒜只能偷一蔸，偷萝卜只能偷一根。也不能专偷一户人家的，一户偷一点。另外，被偷的人家不管被偷了多少青菜，哪怕是被偷光了，也都不能骂偷菜的人。据说，如果骂了，偷菜的人就会变得聪明。偷春的人也不能让菜主人看见，而如果菜主人恰巧碰上了，也要装作没看见。

邻居晚婆，在自己屋边的园子里种了一畦大蒜，青绿青绿的，散发着诱人的香味，但是偷春时谁都不敢偷她的大蒜，因为她为人刻薄，是村里有名的“剪刀嘴”。平时，你要是不小心惹了她，哪怕是芝麻大的事，她也要把你骂得狗血喷头。

晚婆有个孙子，排行第三，绰号叫“长颈三”，半懂不懂事的年龄。初三那天，天刚麻麻亮，长颈三就拖着一只大竹篮出门偷春去了。等到天亮的时候，长颈三就提着一大篮大蒜回到了家里，兴冲冲地把偷来的大蒜往晚婆跟前一放，说：“阿婆，你看，我偷回了一篮子大蒜，一会儿你用它来炒鸡肉给我吃吧。”晚婆看着这一篮子嫩生生的大蒜，对孙子赞不绝口，拍着长颈三的脑袋，笑得眼皮像上了拉链一般，说：“我的孙子就是比别家孩子聪明，偷回来的大蒜一蔸蔸都是大的。”说完，便从衣袋里摸出一个皱巴巴的红包塞给孙子。长颈三接过阿婆的红包，心像用蜜泡过一般。

吃完早饭，晚婆例行公事地到自己园子里转了一圈，发现园子里的大蒜像九十岁老太太的头发，疏疏落落，有些地方的大蒜则全被拔掉，剩下一小块空地儿。看此情景，晚婆的心像被疯狗撕咬着，一团山火立即从脚底烧到了头顶。于是晚婆便裂开她的剪刀嘴，朝着全村人骂开了：“哪个砍头鬼偷了我的大蒜？哪个死旱物偷了我的大蒜……”直骂得全村鸡飞狗跳。

六爷听了，掩口窃笑，大声对晚婆说：“你不是想骂你家孙子聪明吧？”晚婆听了六爷的话，想了半晌才明白过来。她急忙从园篱笆上扯出一根竹棍，气呼呼地赶回家，一把拧住孙子的耳朵审问：“你是不是偷了我的大蒜？”孙子直言不讳：“偷了别人的青菜，如果被骂就会变得聪明，可是，都没人骂我，所以我就偷你的了。”

晚婆的瓜皮脸被气得变成了一只歪鞋子，一扬手一竹棍扫在孙子的屁股上，边打边骂：“你这只癫仔！你怎么能偷自家人的青菜呢？去偷别人家的啊，死旱物！怎么教你也不聪明！”骂着，一把从孙子的口袋里掏回了红包。长颈三虽被打疼了，却不以为然，笑着对晚婆大声说：“哈哈，明年我还要偷你的大蒜！”

晚婆的儿媳四婶，两只大眼睛漂亮得像蜜桃，她不但人长得水灵，而且脾性很好。嫁给四叔后，从来没有和村人红过脸，没骂过谁半句。每年偷春，大家都不愿意偷四婶的番茄，因为四婶不肯骂人，不被骂就不聪明。

有一年偷春，六爷放出话来：“谁偷了四婶的番茄，如果被四婶骂了，我输一头大水牛给他。”村里好几个小伙子听了，要和六爷签订“君子协议”。六爷说：“如果我说话不算数，你们以后就别叫我六爷好了。”

小伙子们明明知道这赌注没啥意思，却乐意试一试。

偷春那天，几个小伙子提着竹篮子，“呼啦啦”地一起跑到矮簕岐（四婶种番茄的地方），不到10分钟，就把四婶那些熟透可人的番茄摘了大半。摘完后，他们提着番茄故意在四叔家门口走来走去，希望四婶看见了骂他们，可是走了半天都不见四婶的影子。他们索性对着四婶家喊：“四婶，我们把你的番茄偷摘完了，你骂我们吧！”没想到四婶正从外面回来，听了他们的喊声，笑着说：“真是几个大傻瓜。偷了别人的东西还告诉人家，这哪里叫偷呢？”小伙子们哀求：“四婶，你就骂我们一句吧！”四婶听了，笑声像春天里的泉水，让人心醉，脸颊两边的酒窝装满了蜜，说：“我不骂你们，骂人才蠢呢！”几个小伙子见自己的阴谋不能得逞，一齐把番茄倒在四婶家门口的一个箩筐里，走了。

后来，六爷知道了这事，自然很得意。当然，最得意的是晚公，因为他儿子娶了个好媳妇。

小雨中的花朵

侯德云

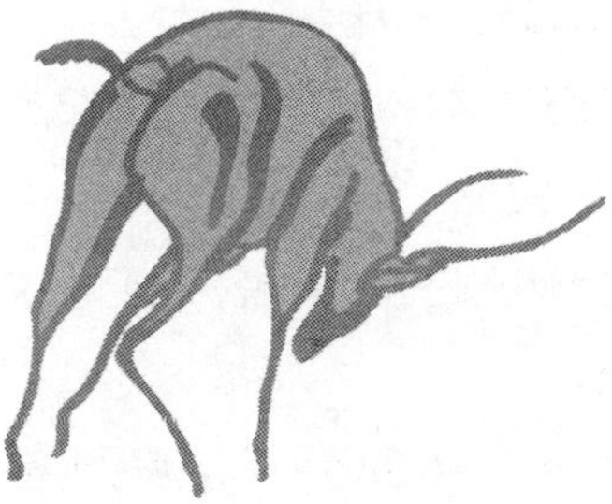

我们三个人最喜欢这样的小雨天。雨丝飘飘悠悠的，不紧不慢地从天上洒下来，把夏日的天空网在其中，把整座城市网在其中，把我们也网在其中。

我们放假了，终于可以像城里人一样休息了。当然，如果雨再大一些，中雨，或者大雨、暴雨，我们也会休息。不过，我们还是喜欢小雨。

队长刚刚宣布休息一天，强子就急着对我和刚子说："快点快点，你们俩快点儿。"他不说我们也知道，应该快点儿，连续十几个大晴天，我们都着急了。

我们在宿舍里用凉水冲澡，然后把自己伪装成城里人的模样，高高兴兴的到大街上去了。我们手中都撑着一把蓝色的雨伞，这是强子的主意。强子说："蓝色是男人的颜色。""好吧好吧！"既然强子这样说，我们就听他的。我们三个人中，强子是老大。

看见我们三个人拿着雨伞出门，宿舍里的那群老大哥发出一阵哄笑。他们说："这三个小光棍儿，又浪漫去了。"

老大哥们不喜欢下雨的天气。他们都是成了家的人，拖家带口的不容易，希望能多挣点钱，不愿意休息。我们是按出工的天数算工资，我们人休息了，我们的工资也会跟着休息。这是老板定下的规矩，我们不在乎，但老大哥们很在乎。

老大哥说得没错，我们的确是浪漫去了。小雨的天气，我们是三个浪漫主义的民工。

那时候我们在一座大城市。我们在阳光下栽种花朵——木本的花朵，草本的花朵，藤本的花朵。我们有一个好听的名字：绿化队。我们这支绿化队常年在住宅小区里栽种花朵，美化城市的生活。

我们认识很多花朵，而且能一口气说出它们的名字：白丁香、紫丁香、榆叶梅、连翘、锦带、绣线菊、鸢尾、景天、福禄考……我们对它们太熟悉了，不但熟悉它们的名字，更熟悉它们的花朵。

大街上也有很多花朵，它们只在雨天里盛开。不是它们，是她们。她们是城里的姑娘，是在雨中绽放各种颜色的花朵，红色的、黄色的、粉色的、白色的、紫色的……各种颜色都有。我们傻呵呵地站在人行道上看她们，我们看不见她们的脸，只能看见她们的裙子和裙子下边细长的小腿，还有玉一样的脚以及脚上的高跟凉鞋、矮跟凉鞋、平跟凉鞋，或者是拖鞋。那些细长的小腿、五颜六色的凉鞋和拖鞋，把我们的心情涂抹上了一层浪漫的色彩。我们一只手撑着雨伞，一只手捂着心跳。没想到在这样的雨天里，我们竟然口干舌燥。

开始的时候，我们只是傻呵呵地看着她们。后来，我们开始送那些没带伞的姑娘回家，或者是到车站。我们不在乎她们到哪里去，就是到天边我们也不在乎，反正我们有的是时间，还是“顺路”。

我们永远跟没带伞的姑娘们“顺路”。

下雨天，总会有一些没带伞的姑娘，像天使一样等待着我们。

强子笑着对姑娘说：“一起走吧，正好顺路。”

我和刚子也这样说，我们都这样说。

有的姑娘会愣一下，警惕地看我们一眼。这样的姑娘十有七八会拒绝我们的好意，她们把我们当成了坏人。我们很伤心。

我们喜欢大方的姑娘。她们会笑着说：“好啊，谢谢！”我们和姑娘一路同行，说话，或者不说话，都挺好。我们的头上盛开着一个蓝色的花朵，是鸢尾的一种，蓝蝴蝶。

随着雨季的到来，我们的野心开始膨胀。我们知道，这座城市里有很多乡下姑娘，我们希望能在乡下姑娘中找到自己的姑娘。一个雨季过后，我们都如愿以偿。

强子的姑娘叫“紫丁香”，我的姑娘叫“榆叶梅”，刚子的姑娘叫“绣线菊”。她们都是从我们老家来的，在饭店当服务员。我们给她们起了花的名字，她们很喜欢，我们也很喜欢。

老大哥们说：“三个小光棍儿，还挺有本事哩！”

我们傻呵呵地笑。

我和“榆叶梅”约好，要在一个小雨的天气，一起回老家看看。我对她说：“你应该撑一把粉色的小花伞，跟榆叶梅的花色一样，还有短裙和矮跟凉鞋。”她回答说：“好的好的。”她这样说，我很高兴。

我想把城里的浪漫带回乡村，带到乡间的小路上。

我没有把自己的这个想法告诉强子和刚子。不过我敢肯定，他们也想把城里的浪漫带回乡村，带到乡间的小路上。

一棵葫芦爬过墙

吴德欣

那时候我们住在乡下，去供销社购物或到邻居家赊粮，手里用的工具是一只瓢。

我家的水瓢有时候被我拿出去装沙子玩，或在稻田里捉泥鳅。

弄坏了，母亲就用麻线补起来，

用它舀水，总会看见一道道水流顺着裂缝冒出来。这样坚持用了一个秋天和一个冬天，等春暖花开时，母亲在墙根栽下一棵葫芦苗，我们经常给它浇水、施肥，一心盼着它快快长大。

葫芦苗不负众望，藤秧沿着墙体越过了墙头，今天在墙这边开花，后天就在墙那边结果了。隔着墙头，我们能看见它在墙那边一天一天长大。我对母亲说："要不要把藤秧扯过来？"母亲说："强扭的瓜不甜，它愿意那样就随它去。"她还号召我们勤浇水、多施肥。

隔着墙是另一户人家，他们顺着葫芦藤搭了一个凉棚，那个葫芦就吊在凉棚中央恣意地生长。时隔多日，我又看见那个葫芦被草绳编织的网子兜住。他们是不是要占为己有？当我把这个想法当众说出时，母亲用竹筷敲敲我的头，说我的心眼儿只有针鼻那般大。

秋来了，霜降了，葫芦藤也蔫了。那天我放学回家，看见院子里的石板上放着一个硕大无比的葫芦，眼前顿时一亮。

母亲请木匠将葫芦一剖两半，锯开的葫芦就成了两个瓢：一个可以做干瓢，用来盛粮盛盐；一个可以当水瓢，用来舀水做饭。可母亲偏偏把另一个瓢给墙那边的人家送去，说是谢谢人家。我想不通，我们自己栽下的秧苗长出的藤，又是浇水，又是施肥，为什么到头来还要谢他们？母亲说，等我们长大了就懂了。

就这样，那孪生的两个瓢，就有一个留在了墙那边。它们像姐妹俩一样经常见面——我们家摘了豆子会用瓢盛了送过去；那户人家打了红枣也会用瓢盛了送过来。因为一个葫芦，我们两家像亲戚一样走动起来。

长大了，我也明白了其中的道理——假如那户人家不闻不问，葫芦要么被小孩子糟蹋，要么长成"歪瓜裂枣"。要是他们据为己有，我们又有什么办法呢？

那时的生活捉襟见肘，可人的心胸宽广。现在生活富足了，有些人的心胸倒狭窄了。

有些爱，你不必偿还

无字仓颉

一

羊洼村今天像过年一样热闹，来了很多人，因为羊洼村小学的贫困生与市上女企业家“一对一”资助仪式要在这里举行。

首批受资助的10名学生为好心的阿姨们表演了节目——歌伴舞《感恩的心》。领舞的姑娘叫黄小秋，她是个腼腆的四年级学生，平时都不敢大声说话，更别说当众跳舞了。可今天，她还是鼓足勇气上台了。小演员们正跳得起劲，意想不到的事情发生了——“哧”的一声，黄小秋的裤子一下子扯到膝盖处，半条腿露了出来。黄小秋猛地蹲下抱住膝盖不动了，窘得满脸通红，把脸埋在臂弯里，不敢抬头。这时，台下一位阿姨带头鼓起了掌，大伙儿也跟着鼓起掌来。

结对见面时，乡教委主任引着黄小秋去见一位阿姨。黄小秋一看，正是刚才自己出窘时带头鼓掌的那位阿姨。乡教委主任向这位阿姨介绍说：“这就是黄小秋，她家是村里最困难的一家，她娘常年卧病在床，但她是班上学习最好的。小秋，过来见见陈阿姨。”

陈阿姨上前握住了黄小秋瘦小的手，把她揽过来细细打量，扭头对教委主任说：“看来我没看走眼，我一眼就看出这孩子有出息！”回过头来，陈阿姨对黄小秋说："孩子，你一定要争口气！把成绩保持住，年年争第一。将来考上了大学，我还要继续资助你！"

几句话把黄小秋说得眼泪汪汪的。她说会经常给阿姨写信汇报成绩，保证不会辜负阿姨的期望。结对资助仪式的最后，全体人员一起合影留念，陈阿姨还单独跟黄小秋合照了一张照片。

按照资助协议，九年义务教育期间，陈阿姨每学期资助黄小秋500元，帮助她完成学业，减轻家庭负担。临上车时，陈阿姨又偷偷塞了200元钱给黄小秋，说："这是给你补身体的，你看你瘦的！"

二

打那以后，黄小秋学习更加刻苦了。她不仅年年是第一，而且次次是第一，大考小考的第一名非她莫属。

这年暑假里的一天，陈阿姨外出旅游时路过羊洼村，专程来看了黄小秋，给她买了一大堆书和复习资料。黄小秋感动得流泪了。村里10个受资助的学生，只有她一人被资助者专程上门探望。

第二年的期末，黄小秋以总分第一名的成绩考上了乡中学。她特地拿着奖状到照相馆照了一张相，连同信一起寄给了陈阿姨。

陈阿姨很高兴，又额外寄了200元钱给她，并在信中鼓励她不要骄傲，不要放松，要她"稳扎稳打，一步一个台阶地上"。

上了初中，课程难了，加上是尖子班，全乡的头几名都在一个班上，竞争非常激烈。黄小秋明显感到学习吃力了。尽管她睡得更晚、起得更早，学习非常刻苦，可期末考试，黄小秋还是考了个第二名。拿到成绩单的那一刻，她哭了。这是她自上学以来，第一次与第一名失之交臂。而考第一名的，是以前名不见经传的同村同学刘芳。

黄小秋一边总结，一边又暗自鼓励自己一定要争口气，争取下次考试赶上来。她给自己立下了规矩：每天晚上11点前不睡觉，早上5点之后不沾床。整个假期里，黄小秋一天都没歇着，除了干活儿就是学习。开学时，同学们几乎认不出她来了。她更黑更瘦，一双眼窝也更深了。

三

第二年开学没多久，她娘撒手离开人世。经人撮合，爹跟邻村的一个寡妇又组成了新的家。寡妇带来了两个孩子，家里一下子多了两张吃饭的嘴，黄小秋家的日子过得更加困难。

此后，黄小秋变得更加沉默。学习成绩也渐渐地往下掉。期末考试，黄小秋只考了第五名。黄小秋一下子慌了阵脚。对她来说，失去第一名就意味着失败。

给陈阿姨的汇报信还是寄出去了。没几天，陈阿姨的回信和汇款就到了，信中照例鼓励她要考第一，继续保持云云。这一次，黄小秋没把陈阿姨寄来的钱交给爹，而是偷偷攒了起来。从此，她的学习成绩一落千丈，再也没有赶上来。

转眼到了中考。考试结果一出来，黄小秋竟然连县重点高中都没考上。

黄小秋没有去普通高中报到，而是揣上攒下的钱出门打工去了。

临行前，黄小秋找到刘芳，两个人说话一直说到半夜，也哭了半夜。此时的刘芳，已经是一名县一中尖子班的学生了。直到这个晚上，黄小秋才知道，资助刘芳的阿姨自第一次见面后，竟然再没有与刘芳联系过，只是每年定时将资助款汇过来。

惊讶之余，黄小秋陷入了迷茫之中。她从茫然中回过神来，对刘芳说：“我走后，你一定要每学期帮我转寄一封信给陈阿姨。如果不是怕地址引起陈阿姨注意，我在外面就直接寄给她了。陈阿姨是我的恩人，我答应每学期都给她写信汇报学习情况的，我不能让她失望！”刘芳含泪答应了。

以后的几年里，黄小秋没回过一次家。在她的心里，家早已消失了。

在沿海的某个城市，三年间，每到一个学期结束的时间，黄小秋都要写一封信，信中说自己又考了第一……陈阿姨也还在继续资助黄小秋。

高考那年，考试时间刚过，黄小秋又写了一封信转给陈阿姨，说自己考上了北京一所重点高校，感谢她多年来对自己的帮助；还说现在有助学贷款了，学校也有助学金，上大学不成问题，要她以后不用寄钱了。

帮助转信的刘芳，以县高考状元的成绩考上了这所大学。而那年，黄小秋还在南方一家私企打工。

刘芳上大学的第二年，一个偶然的机会，黄小秋认识了一位年过半百的房地产商人。恰逢商人丧偶不久，一来二去，两人便熟了；再到后来，黄小秋嫁给了商人。婚后，黄小秋做的第一件事，就是给那个她熟得不能再熟的地址汇了一笔钱。

又一个秋天的下午，羊洼村小学新学年开学了。开学典礼上，一场“一对一”的结对助学仪式也同时展开。见面会上，衣着华丽的黄小秋蹲下身子，握着一个女孩儿的小手，忍住眼中的泪，一字一句地说：“孩子，你是自由的，不要向我做什么保证，也不要你每学期给我写信，你没有这个义务。帮助你，我是自愿的。孩子，你要记住：第一，永远只有一个，而人生的目标，却有很多……”

黄小秋说完，一行热泪滚落脸颊，打在脚下这片熟悉的土地上。

狗的哲学

马德

小时候，家里养了一头猪和一条狗。每当给猪喂食的时候，母亲就让我看着狗。怕它偷吃。

狗低眉顺眼地卧在一旁，一副与世无争的表情。但只要我一不注意，它就溜过去，迅捷地在猪食槽里舔上几口。等我回身过来，它又卧在一边，嘴唇上的食儿还没舔干净呢，却装出一副若无其事的样子。

有一次，它又偷食，被母亲踹了一脚，骂道："你个狗东西，猪的食你也敢抢！"是的，那个年代，猪的地位是不可撼动的。一年到头，把一头猪养大养肥了，然后卖掉，便是家里的全部收入。

狗似乎对此没有异议，骂也好，打也好，待在家里，从不耍狗性子，或者玩什么离家出走。每次猪吃饱之后，一扭头，懒洋洋地走掉，石槽的边缘上还残留着些许米粒和糠末儿，母亲一瓢水倒进去，便是狗的食物。狗埋头舔食，把一槽泔水舔得音乐感十足，混个水饱后，一扭头走掉。

狗没有怨言，依旧看家守院。有一年，有贼到邻居家偷牛，狗觉得不管不行，"汪汪汪"叫个不停。左邻右舍的人都被吵醒了，扛着铁锹、拿着棍棒冲出来。贼逃走的时候，打折了狗的一条腿。狗拖着一条伤腿无精打采地过了一段日子。父亲每天到街上去，看有没有收狗的，有的话，好把它赶紧卖掉。

狗赶在屠户来之前，竟然不声不响地好了。看来，它也明白，要保住自己的一条狗命，靠别人是不行的。主人在想着自己的时候，是不会顾惜一条狗命的。

母亲每次从地里干活回来，狗总要欢天喜地地迎上去。猪呢，睡在那里，连眼皮都不抬。母亲把猪草丢给它，它先将鼻子凑过去，闻一闻，觉得不错，才懒洋洋地站起来。我有点看不惯猪的德行，有一次它刚要站起来，我一脚把它踹躺下了。它就真的躺下了，连猪草也懒得吃了。我骂它："你真是头猪啊！"但大人们的看法总是跟小孩子有区别，母亲就觉得猪这个样子好得不得了。

大人们的眼光真是有问题。

有时候，狗去偷吃猪食，我就假装看不见，睁一只眼闭一只眼。只有看到母亲出来，我才高声咳嗽一声。狗像能听懂我的暗示，赶紧撤身，卧在一边。有一回，母亲出来得突然，我来不及咳嗽，结果，我发现狗居然也能全身而退。原来，狗根本无视我的咳嗽，它早已学会了辨别母亲的脚步声。

狗活久了，都会有一点老谋深算。

有一年冬天，家里跑来了一条小狗。大狗在它身上嗅了嗅，没有咬它——算是收留了它。小家伙来了之后，不知道天高地厚，有时候母亲连踹几脚，即便痛得叫声尖厉，但依然埋头跟猪抢食，而且不屈不挠。大狗卧在一边，眼皮微抬，有点不屑地看着它折腾。自从小狗来了之后，大狗有意让着它。它抢食的时候，大狗就卧在一边看。

狗大了，总会有一点风范的。

小狗最终被赶走了。原因是八个字：不顾廉耻，祸猪殃家。后来，整个院子又成了大狗的天下。它这儿转转，那儿转转，把个院门看得紧紧的。院子里有个高高的草垛，有时候，它跳到草垛上，凝神望着整个村庄。

这条狗一直在我家活了好多年，是老死的。它在家乡山岭间找了一个隐秘的地方，安静地死去了，没给家人和村庄带来一丝惊扰。

父亲平时很少去评价什么。它死后，父亲说了这样一句话："嗯，这是条好狗。"

在韶关挖煤的岁月

詹八斗

2002年的一个夏日，我像一尾鱼，游入了韶关这座城市。

韶关火车站附近，车辆来来往往，路人行色匆匆。伫立在异乡街头，我知道，此刻，我生命的列车已经又驶向了漂泊旅途中的另一站。

一大群扛着大包小包的民工从我身边汹涌而过，很快就把左顾右盼的我裹挟在人流之中。我发现，这些风尘仆仆、衣衫褴褛的民工，尽管一个个被沉重的包袱压得佝偻着腰身，却一个个兴奋异常，淘金的希望全写在满是汗水的脸上。不知为何，我的心突然一热。

拿出手机，给高手打了电话。高手说：“就到，就到。”果然，不到 5 分钟，高手就从我的身边冒了出来，一脸是笑。

高手是我两年前认识的一个广州朋友。那时，我第一次闯荡广州，面对花花绿绿的世界，就像刘姥姥走进了大观园。一天，在石牌村一偏僻路段，我遭人家“碰瓷”——一个和我擦肩而过的混混，突然返身捉住我的手，指着“啪”的一声掉在地上的碎玻璃瓶，恶狠狠地说：“你没长眼啊，撞烂了老子的‘救命药’，快赔，1000 块！”我还来不及分辨，旁边又钻出两个混混，围了上来，纷纷恐吓：“快赔钱，不然就废掉你！”就在我不知所措的时候，一个男子冲过来，护在我面前，气愤地说：“光天化日之下，你们还敢耍这种‘把戏’？你们再欺负乡下人，我就报警了！”3 个混混见有人坏了好事，恼羞成怒，挥拳便打。我和男子奋起还击……后来，不远处有警车呼啸而来，3 个混混才骂骂咧咧地逃走了。望着作鸟兽散的混混，我和男子都笑了，尽管我的头上鼓起一个“馒头”，男子的眼角也又黑又肿，活像“熊猫”。我刚想对他说声“谢谢”，他用手势制止了我，说：“路见不平，拔刀相助，应该的。”这位男子就是高手。后来，我和高手就成了朋友。

高手 40 来岁，上有父母，下有妻儿，一家人的生活全靠他出外打工维持。高手是去年年初才来到韶关市仁化县附近的一个私人煤矿挖煤的，因为他性格豪爽，为人仗义，所以老板很器重他，叫他做了班长。那天，他见我还没寻到好去处，便说：“如果你不嫌辛苦，不怕危险，就来跟我挖煤。”于是，我就来到了韶关。

高手带我去吃了午饭，然后就和我回煤矿。我们先是从市里乘大巴车到县上，再从县上坐摩的到煤矿。放下行李，高手带我去老板那里办好相关手续，并帮我找到宿舍，把床铺好。接着他又教我一些在井下的注意事项，并嘱咐我好好休息，明天早上就下井。最后他才出去忙他的去了。

宿舍里已住有6人，其中4人正在打牌。他们见我是高手介绍来的，又见我给他们每人敬上一支“阿诗玛”，所以对我都很客气。很快，我们就混得像兄弟一样热乎了。

第二天一早，我就下了矿井。坐在钢缆拉着的绞车上缓缓下降，原以为矿井不会很深，谁知时间一分一秒过去，我们还没到底，我不由心慌起来，感觉在一层一层走向地狱。绞车下降了100多米才停住。这时，地面上的一切响声都听不到了，只有地下水“滴滴答答”往下掉，令人恐惧。

借着昏黄的灯光，我终于看清了眼前的一切——支着简单支架的矿道，弯弯曲曲，似乎随时都有坍塌的危险；工人们有的在使劲地钻孔，有的在快速地装车，有的在磕磕绊绊地推着沉重的斗车将煤块倒入传输带。大家的头发都杂乱无章，浑身上下也肮脏无比，汗水混着煤屑，一个个变成了非洲人。

下井挖煤，最初的两天腰酸腿痛，浑身像散了架，回到宿舍，往往倒头便睡，饭也顾不上吃。一个月下来，本是“白面书生”的我差不多已变成了“黑脸包公”。

挖煤工人由于长期在阴暗潮湿的环境中工作，极易患风湿病，因此要多喝米酒。所以，煤矿工人大多能喝酒。常常下班回来，大伙就迫不及待地拿出用矿泉水瓶装的米酒，一仰头，“咕嘟咕嘟”地灌上几口，然后再闭上眼睛，美美地享受一番。

每天都在井下，高手就是我们的保护神——在我们这班人马里面，他是反应最快、经验最多的一个。他常能在危险面前，找到最佳的应对之策。记得有一次，我和高手正在装炸药，这时，一小块煤屑“啪”的一声掉在我的安全帽上。我习惯性地仰头想看，一旁的高手迅速把我推了出去。说时迟那时快，一根横木呼啸而下，直插我刚才站立的地方。好险啊，我惊出了一身冷汗，同时也对高手充满了深深的感激。

对高手充满感激的人还有很多。一天，两名矿工在工休时喝醉了酒，一言不合，就要打架。一人拿着明晃晃的菜刀，一人拿着粗粗的铲柄，剑拔弩张，眼看就要“火星撞地球”。许多工友见状纷纷后退，不敢阻拦。高手闻讯，火速赶到现场，拿菜刀的矿工将菜刀丢在了地上，拿铲柄的矿工却抡圆铲柄，一棍就朝另一矿工的身上打去。站在侧面的高手用手一挡，铲柄重重地落在他的胳膊上。这名矿工这时才清醒过来，吓得要跪地向高手道歉。高手拦住他，严肃地说：“道歉就不必了，只是希望你以后不要再酗酒闹事。你想，你在外面出事了，你家里人还得安宁吗？”

转眼，我在煤矿待了4个月。这4个月来，我和高手以及同宿舍的兄弟们相处得十分融洽。共同的经历，让我们结下了深厚的情谊。我们来自五湖四海，都没有固定的工作和收入，都过着一种漂泊不定的生活。在日复一日的打工生涯中，我们尝遍了人情冷暖，饱尝着酸甜苦辣。

为了冲淡那股浓浓的乡愁，我们便常聚在一起喝酒。喝得半醉，就竞相甜言蜜语豪言壮语胡言乱语，到了真正喝醉，反而会自言自语寡言少语无言无语。最后，就挂着泪痕沉沉入梦。友谊的最高境界，是经得起平淡的流年。不需动听的语言，不需跌宕的情节，不需华丽的背景。浪迹他乡，每一段平凡的友谊，其实都是友谊的经典范本。生活，平平淡淡；友情，从从容容。那种关爱，是真实的；那种感动，是真切的。因此，我永远铭记这段打工岁月——2002年，夏秋，在韶关，挖煤。

我们每天的工作就是凿孔、炸煤、装车。看似风平浪静，实则险象环生。虽然矿老板偶尔会请一些“专家”下井，检查安全隐患，督促安全生产，但那飞来的横祸还是让人防不胜防。有一次，我们在一个井区作业，忽然，高手大喊一声：“快跑！”我们顾不上拿那些近万元的工具，拔腿就跑。刚跑到安全区，刚才那地方就“轰”的一声坍塌下来，三四层楼高的空间，眨眼间就填满了煤渣。如果我们晚跑几秒钟，就会被活埋在矿井底下了。又有一次，我们新挖了一口矿井，没想到打通了另外一口已经废弃的大井，一瞬间，积蓄在废井里的地下水长驱直入。我们大惊失色，赶紧往井口逃命，洪水紧追不舍。我们拉响求救铃，坐上绞车，在水的浸泡中艰难地爬上地面。一出井口，我们就软软地瘫倒在地上。这时，我才发现，人世间，一个人平平安安，其实就是最大的幸福。

老板听说我们数次死里逃生，一边安慰我们，同时他又认为工地上的确有一些晦气在作怪。于是就叫人买来两只大黑狗杀掉，将狗血淋在工地周围和矿井下，压压晦气；另外又叫人拉来一大桶米酒，说要好好犒劳犒劳大家。傍晚，工地狂欢，大家畅怀痛饮。觥筹交错，不久便见东倒西歪一片——有的已摇摇欲坠仍要和人碰杯，有的已口齿不清仍要找人猜拳，有的已醉眼蒙眬仍要说荤段子……

我趔趔趄趄去看高手。高手醉躺在床上，正在出神地看着什么。见我来了，便把一张照片递给我看——高手西装革履，抱着虎头虎脑的儿子；妻子挽着高手的手臂，满脸是幸福的笑。好温馨的一家三口！高手说：“这张照片已陪伴我10多年了，现在儿子已上高中；最可怜的就是孩子他妈，自嫁入我那个穷家，就从没过上一天好日子，我愧为人夫啊。”说着说着就泪如泉涌。我紧紧地握住高手的手，也任由热泪滚滚流下。

日子缓缓而过，我们过得简单而充实。我以为真的如老板所说的“大难不死，必有后福”，不曾想，死神已在悄悄向我们走近。

那天，我们正在井下作业。两个山东兄弟不知为何就在矿坑里争吵起来，哥哥蛮牛火冒三丈，冲过去扇了弟弟猴子一巴掌；猴子不甘示弱，挥拳还击。就在兄弟俩拳来脚往扭作一团的时候，忽然高手大叫“快闪开”，随即闪电般扑上去，将山东兄弟推了出去。就在这时，一块硕大的矿石“轰”地砸下，正好砸在高手的身上。“高手——”我大叫一声冲过去，发了疯一样使劲推石头，却怎么也推不动。闻声赶来的其他人看见高手的惨状，纷纷大哭。“他是为救我们兄弟而死的啊，我浑呀……”蛮牛号啕大哭，边哭边捶自己的脑袋。后来我就昏了过去……

不久我就离开了韶关，又走向人生的另一个驿站。我一直认为，高手没有死，他永远生活在一个美丽的地方。

过年不过是怀念有情有义的生活

张丰

过年，毫无疑问是时间性的。一个“过”字，道出了所有的艰难与愉悦。正是因为过年，我才第一次意识到时间和自我的存在。这次顿悟发生在初二那年的春节。

在豫东平原的一个小村庄里，

除夕对孩子来说最大的乐趣就是鞭炮。不是放鞭炮，而是从地上挑拣那些没有爆炸的哑炮，用河南话说就是“拾炮”。从凌晨两点左右开始，一直到6点天亮，在这长达4个小时的“拾炮”时间，小伙伴们会准时等候在每一扇大门外，等着主人上香，然后把鞭炮挂起来点燃。

硝烟弥漫，孩子们从事着极为危险的作业，因为并不是所有落在地上的鞭炮都哑，爆炸毕竟也有慢半拍的，一不小心就会炸伤小手。“拾炮”纯粹是爱好，等到天亮，把所有的鞭炮剥开，将炸药集中在一起，可以做一件大事——不过就是用炸药在地上撒出自己喜欢的图案，点燃，在刹那的美丽中体会控制感罢了。艺术家蔡国强是玩这种“爆破”艺术的高手，不知道他的童年是否有“拾炮”的经历。

我现在回味的并不是炸药燃烧时的刹那繁华，而是一种时间感。当时的老家，没有电，也没有钟表可以定时，但我们总能在凌晨两点以前起床，小伙伴仿佛提前约好一样，在村子里聚集。那时当然也看不到“春晚”，往往晚上8点钟就上床睡觉，五六个小时后准时醒来，拿着手电筒，蹑手蹑脚地走出家门。

对孩子们来说，这是新年最大的仪式，远比成年人互相拜年神秘且有趣得多。从迷上“拾炮”开始，我都是带着小我两岁的弟弟一起出门。我们两个睡一张床，兄弟间的默契得到了最好的体现，通常我坐起来，他也跟着坐起来，两人各自穿衣，不说一句话。

初二那年的除夕，我像前一年一样醒来，却突然感觉到一种无聊：“拾炮”到底有什么意义？弟弟像往年一样起床，而我一直躺着没动。他推了推我，我说：“我不去啦，你去吧。”他就一个人拿着手电筒出去了。在他关上门的那一刻，我感觉到有什么东西把我们分开了，我和他是不同的。我有一点同情他：“这么早出门，有什么意思呢？”三个小时后，家人都起来吃饺子，而弟弟也从外面“拾炮”归来，我们没有就此说过一句话。

那一天，我比以往都要沉默，我知道，对我来说一个阶段过去了，我从这个世界中认出了自己。两年后，弟弟也和我一样，不再去“拾炮”了，我们躺在床上，听远近的鞭炮声此起彼伏，既睡不着觉，又无动于衷。这就是成长吧。

河南农村的新年，小孩子热衷的是“拾炮”，而成年人必须做的事是拜年，不是见人就说“新年好”，而是实实在在地跪下磕头，而且要磕三个。规矩当然是晚辈向长辈下跪。对我来说，在迷恋“拾炮”的年纪，最大的好处就是可以避开向自己的父母磕头的尴尬。我向爷爷奶奶磕头，感觉自然，而向自己的父母磕头，却总觉得难为情。

家庭内部磕头的环节，在上香、一起叩拜玉皇大帝之后，而小孩子在外面疯跑，恰恰可以避开这个仪式。初二那年的除夕，没有办法再逃脱，我终于鼓足勇气向父母下跪：“爸、妈，给你们拜年了。”父母自然开心，而我的脸肯定是红的，但跪下之后，反而感到一阵轻松。

磕头在强调尊卑的同时，也昭示了距离。因此，向父母下跪反而别扭，因为这个仪式把自己和父母彻底分开了。对父母下跪，在玉皇大帝画像的注视下，确认自己的身份，我再次认出了自己。

农村的习俗，跪天跪地跪父母，都是天经地义的事。向别的长辈下跪，大多是礼节性的，长辈们往往推辞不受，互相问候一下就完了。同辈之间，不要说下跪，就连“新年好”都可以不说，也不算失礼。但是，我却见过离奇的一幕：隔壁一位爷爷，只比我的祖父小几岁，前来向我祖父拜年，进门就跪下，连磕三个响头，而祖父也没有阻止他，只是用双手把他搀扶起来。两人没有多言，仿佛共同保守着一个秘密。

祖母告诉我，很早以前，家里养的一只羊不见了，查到最后，发现就是隔壁这位爷爷偷的；而他之所以偷羊，只是因为孩子正在挨饿，家里实在没钱了。祖父没有深究，并且保守了这个秘密。当然，后来连我都知道了，肯定不算是秘密了，只不过几十年来一直没有人公开议论罢了。等到日子好了，隔壁这位爷爷反思己过，就在过年这天来向祖父磕头，从未间断，一直到祖父去世。

隔壁爷爷下跪的情景，是我对过年最深刻的记忆之一。它是另一种对时间的表达，坚持多年的礼仪，是对多年前自己失礼行为的反省。作为旁观者，幼小的我感到强烈的震撼。后来我才知道，这种仪式中有某种高于日常生活的东西——情义。

我们怀念乡村的新年，不过是怀念那种有情有义的生活。怀念，仍是关于时间的概念，而如今，我们甚至只能在他乡怀念了。

去年春节，父母离开河南去弟弟在广东的家过年。那是他们60年来第一次在异乡过年，而我则从成都飞往广东“团年”。我认为，过年，是乡村概念也是时间概念，过去了，年也就远了；团年，是空间概念也是现代概念，一家人从分散的各地回到原点团聚。

我们这次“团年”，无法用“回到”这个词，也根本不是“原点”。在一个陌生的空间，我们收获的只是“团”而不是“年”。按照河南农村的传说，“年”本来是一种怪兽，而放鞭炮就是要把怪兽吓走。在广东佛山，是否还有这样的怪兽？它能否听懂陌生的方言？

弟弟开车到机场接我，我们一路聊天，都未涉及过年的话题。对我们来说，一起“拾炮”的岁月早已远去，那个一起长大的村庄也回不去了。不过这不要紧，因为爸爸还在，他真是过年的“高手”。在我和弟弟对鞭炮都不再感兴趣的时候，他对放鞭炮和烟花仍然兴致勃勃，即使城市禁放，即使在完全陌生的地方，他对过年仍有热情。这次他想到的办法是，在饭店请一家人吃饭。对他来说，在大城市的饭店请客，还是平生第一遭呢。

就这样，在广东佛山，一个来自河南的大家庭，聚在一家湖南菜馆庆祝新年。弟弟的儿子在广东长大，他对磕头毫无兴趣，但他可以用纯正的粤语说“恭喜发财”。

金项链

邵火焰

母亲和李姨是同一年同一天嫁到我们村的。我家和李姨家是邻居，听母亲说，那天可热闹了，两抬花轿是同一时间进村的，接着在欢快喜庆的鞭炮声和悠扬婉转的唢呐声中，两抬花轿同时停在了各自的大门前，母亲和李姨同时走出了花轿。她们似乎有某种默契，都没有蒙红盖头，她们想的都是新社会了，不时兴那一套。母亲和李姨相互望了一眼，然后都羞涩地低头笑了。后来母亲和李姨就有了很多共同的语言，她俩成了最好的朋友。

母亲和李姨有空就在一起说话，她们聊得最起劲的话题是金项链。

母亲和李姨都说，做一场女人，如果没戴过金项链，将是一生中最大的遗憾。父亲和李姨的男人周叔都觉得，女人的这个想法并不过分，可惜没有办法满足她们的愿望，因为在那年月，想要一条金项链无异于白日做梦。但母亲和李姨一直在做着这个梦。

有一年春节，母亲和李姨终于戴上了项链，当然不是金的，是白色的珠子串成的。那是她们一起上街时，在地摊上买的。她们戴好后，先是各自在镜子前转着圈反复地看，然后互相看。那段时间，母亲和李姨的心情特好。可是有一天，母亲的项链断了，那些珠子滚到草丛中，只找回了几粒，母亲伤心地哭了。父亲说:“一条假项链有什么好哭的?”母亲说:“可它也花了我两元钱啊!”看到母亲的项链丢了，李姨也没再戴她的那条项链。

母亲生下了我、李姨生下了小娟后，母亲和李姨说项链的事少多了，但隔不了一段时间，还是爱提起。有一次，母亲和李姨为生产队买蔬菜种子去了一趟城里，当看到城里女人脖子上那金光闪闪的项链时，她俩的眼睛都直了。回来后，母亲和李姨就有了一个共同的愿望:今生一定要戴上一条金项链。

后来农村分田到户了，母亲和李姨勤劳苦干，农忙在家种田，农闲到镇上的玉石厂打短工，每天家里镇上两头赶，但她们毫无怨言。几年后，母亲和李姨积攒了一些钱，准备去买项链，可是，这时村里已经有很多人家开始拆除土坯房，新盖红砖瓦房，父亲和周叔也都想盖新房。母亲和李姨当然知道孰轻孰重，她们把自己存的钱都拿了出来。在母亲把钱交到父亲手上时，父亲说:“孩儿他娘，等过几年日子好过了，我一定给你买一条金项链。”母亲孩子似的笑了。

可是，父亲的这个诺言一直没办法兑现。倒不是父亲忘记了当初所说的话，而是随着我渐渐长大，读书、上大学，要用钱的地方太多。李姨家的情况比我家好不了多少，小娟读到高一时生了一场病，治病花了很多钱，病好后没有再读书，到武汉打工去了，去年出嫁了。

如今，母亲和李姨在一起时，说的都是柴米油盐的事，偶尔才会提起她们心中的那个“梦”。

今年，我大学毕业参加了工作，领到第一份工资后，第一件事就是给母亲买了一条金项链。那天晚上回家，当我拿出项链给母亲戴在脖子上时，母亲哭了。母亲戴着项链在镜子前一动不动地站了快半个小时。那天晚上，母亲睡觉时也戴着它。

第二天，我叫母亲戴上金项链去李姨家，给李姨看看漂不漂亮。我满以为母亲会极开心极兴奋地给李姨看看，可是母亲叹了一口气后摘下了项链，并叮嘱我和父亲，不要在外面说她有了金项链的事。我疑惑不解，问母亲为什么，母亲说："我和你李姨多年前就想要一条金项链，现在我有了，你李姨没有，这样会伤她的心。做人不能只顾自己快乐，而不考虑别人的感受啊！"

就这样，母亲把金项链压在了箱底，一压就是半年。

天有不测风云。我没想到，我那身体一向很好的母亲突然病倒了，到医院一检查，是肝癌晚期。在母亲的病床前，我泪流满面。我说："娘，我把那条金项链拿出来，你每天戴着吧。"母亲摇摇头。李姨天天来看母亲，她们谁都没有说过关于项链的话题。10天后，母亲在痛苦的呻吟声中离开了这个世界。

母亲入殓的那天，李姨来了，手里拿着一条金项链说："老姐妹啊，把这条项链戴去吧。"李姨要动手将项链戴在母亲的脖子上，我拦住了。我从箱底拿出了母亲的那条项链，小心翼翼地戴在了母亲的脖子上。

我们把母亲送上了山。

回来后，李姨到我家看着母亲的遗像失声痛哭。等李姨平静了一些后，我和李姨说起了项链。我问李姨是哪来的金项链，李姨说："小娟去年就给我买了，可是我没戴，我怕我戴上后，伤了老姐妹的心。"我哭着拥抱了李姨，就像拥抱我的母亲。

镜框里，母亲看着我在笑。

康乡长

侯发山

南湾村比较偏僻，山里没有什么矿产资源，村里也没有一家企业，是石庙乡有名的穷村，别的地方早几年都奔上了小康，这个村的温饱却还解决不了。

新上任的康乡长到任后，听说了南湾村的情况，就要去南湾村。

南湾村村主任老贵喜出望外，以为又是康乡长来给他们送扶贫款和救济物资什么的。谁知康乡长一分钱也没给他捎，而是让他领着去山上和河边瞎逛。

老贵不知道康乡长的葫芦里卖的什么药，遂心一横，只管吊着脸说村里的小学校舍破破烂烂该补了，说村里的道路坑坑洼洼该修了，说他自己在村委会多年的工资没发过……

康乡长也不搭话，任由老贵哭穷。这时，他看到小河边几只戏水的鸭子，顿时两眼放光，问："老贵，村里养鸭的不少吧？"

老贵点点头，说："康乡长，说句不好听的话，村里人都拿鸭屁股当银行哩，鸭蛋也不舍得吃，都攒起来拿到镇上换油盐酱醋了。"

康乡长点了点头，没说话。

中午在老贵家吃饭时，老贵又厚着脸皮提出让乡里帮助南湾村脱贫。康乡长说："老贵，乡里也有乡里的困难……这么着吧，你先帮我一个忙，只要这个忙你肯帮，我一定要让南湾村摆脱贫困，走上致富之路。”康乡长的话音刚落，老贵就激动得差点将手里的饭碗撂到地上，说：“乡长让我帮啥忙？”

康乡长微微一笑，说：“老贵放心，这个忙你一定能帮上，就是我想要一些鸭蛋。”

老贵松了一口气，说：“这个没问题，我现在就让老伴去村里弄。”

康乡长摆摆手，说：“不急不急，我要的多。你们村有多少户人家？”

老贵迟疑了一下，说：“不多不少20户。”

康乡长说：“每户300个，总共6000个。”

老贵吃了一惊，心想这么多，但他也只是愣了一下，权衡利弊后，便拍着胸脯保证，说：“好，没问题，康乡长你可说话算数？”

康乡长郑重其事地说：“君子一言，驷马难追！”

村里的老少爷们知道这件事情后，不用老贵多做思想工作，都开始把鸭蛋给康乡长攒了起来。半月时间，老贵根据各户报的数字，算出已经有6000个鸭蛋了。

康乡长闻讯就又驱车去了南湾村。出乎老贵的意料，康乡长竟得寸进尺地说：“再麻烦老贵一下，把6000个鸭蛋全孵成小鸭。”老贵心里窝火，但他没有别的办法，只好满口应承下来。

6000个鸭蛋全部孵成小鸭可是个难事，村里没地方不说，也没资金去折腾。但老贵和他的村民们很快就解决了这个问题——那就是谁家的鸭蛋谁家孵，各人处理各人的难。老贵感动得差点掉眼泪，真想跪到地上给老少爷们磕几个头。

过了一段时间，小鸭孵出来了。老贵打电话给康乡长，康乡长说：“你们把这些小鸭给我养大吧，到时候再跟我联系……我不会亏待南湾村的，我说的话一定算数。”

老贵只有唯唯诺诺地答应下来，心里却骂康乡长的胃口太大心太黑。

南湾村的老少爷们却没为难老贵，还是老办法，谁家的小鸭谁家饲养。因为他们心里有盼头，记挂着康乡长的承诺，所以把这件事情看得很重。大伙儿惟恐把鸭养糟了，怕康乡长不兑现他的承诺，都想方设法把鸭养好：把盖房的木料拿出来，建起了结实的鸭舍；一改过去让鸭自己出去找食的饲养方法，也开始给鸭喂起了饲料；购买了养鸭资料，开始学习技术……

又过了一段时间，老贵到乡里找到康乡长说："小鸭都长成大鸭了。"康乡长喜出望外，连声说了几个"好"。随后，康乡长打了个电话，放下电话后就兴奋地对老贵说："明天我们先去看看。"

第二天，康乡长就去了南湾村，随他去的还有一个戴眼镜的中年人。在村里，他们到处都能听到鸭叫声。

到村民家里看过鸭，康乡长和中年人都十分满意。康乡长对老贵伸出大拇指，说："祝贺南湾村成为我们乡的养鸭基地！"

老贵糊涂了，如坠云里雾中。

那个中年人说："老村长，我们集团是加工'北京烤鸭'的……我刚才看了大家养的鸭，符合我们公司的要求，比我想象的还要好。按照市场价格，明天我们来车装运。"

老贵看看康乡长，又看看那个中年人，似乎还没明白过来。

康乡长笑了，说："老贵，这下南湾村的老少爷们可都有事做了吧？今年乡上的扶贫款可就没你们村的事了。"

那个中年人对老贵说："接下来我们要签一个长期的供货合同，但你们要扩大养鸭规模，由你们村委会负责给我们供货……"

老贵和在场的村民们总算明白过来了，不由得鼓掌叫好。老贵激动地说："谢谢康乡长！谢谢康乡长！"

"谢我什么？你们是猪八戒啃猪蹄——自己分享自己的果实，要谢该谢你们自己！"康乡长的脸笑得像一朵盛开的花。

上学的路有多远

陈永林

梅子的弟弟都上小学一年级了，可梅子仍在家放牛。梅子吵着要上学，母亲说："女娃上啥学？再说咱们家也没钱。"村里女孩上学的少，穷是一个方面，主要还是重男轻女，认为女孩今后是别人家的人，念了书也是给别人家念的。梅子说："家里没钱，哥哥和弟弟怎么有钱报名？今年你再不让我上学，我不放牛了，也不割猪草，也不洗锅碗，啥事都不做。"母亲被吵烦了，说："你想上学行，那你自己去挣学费。"

一年级的报名费要三十块钱，还有四十天就开学了。母亲知道八岁的梅子四十天内绝对挣不到三十块钱，她想让梅子知难而退。

哪知倔强的梅子一口答应了。

梅子想到了卖冰糕和冰棒挣钱，但她没有本钱。梅子的哥哥掏出一支钢笔说："这支钢笔是我的作文在全校获第一名的奖品，值三块钱，你把它卖了就有本钱了。"其实这支钢笔是梅子的哥哥捡的，他担心梅子不要他捡的东西，就撒了谎。梅子拿着钢笔去了陈寿桃老师家，她掏出钢笔说："老师，你能买我的这支钢笔吗？"陈寿桃接过钢笔，这不是自己丢失的钢笔吗？便问："梅子，这钢笔哪来的？"

梅子说："是我哥送的。我娘说我暑假挣够了学费就让我念书。我想卖冰棒冰糕，可没本钱。""你想卖多少钱？”陈老师笑着问。

“我哥说值三块钱。”梅子爽快地回答道。陈老师掏出五块钱递给梅子说：“这钢笔值五块钱。”“真的？！”梅子高兴地接过钱。

梅子花两块钱买了一个塑料冰棒箱，每次批十根冰糕，二十根冰棒，冰糕批发价每根一角钱，卖一角五分钱；冰棒批发价每根八分钱，卖一角钱。但买冰棒的人要多一些，梅子第一天挣了八角钱。

许多次梅子想吃根冰棒，但每次拿了冰棒又放下了，有几次冰棒纸都揭开了，但又重新包好了。口渴的梅子只有趴在水塘边或者水沟边喝水。

梅子卖冰糕的第五天，她刚批了冰棒和冰糕，突然下起雨来。梅子原以为雨下一会儿就停，但雨没停的意思，一直下，梅子急得快哭了。下雨天，天气凉爽，很少有人买冰棒和冰糕，过一个晚上，冰棒和冰糕就会融化。梅子撑把伞在村里叫卖：“冰棒，冰糕哟！”先是小石头买了一根冰糕，然后是小南瓜买了一根冰棒。王婆婆也买了根冰糕，她一辈子没生育，是五保户，平时从不舍得乱花一分钱，如今却花一角五分钱买梅子的冰糕。梅子心里知道王婆婆是在帮她，小石头和小南瓜也是在帮她。

后来梅子再也不在村里卖冰棒和冰糕了，而是去别的村子卖。

有一回，梅子背了一箱冰棒和冰糕，没看清脚下，被一块石头绊倒了，冰棒箱也滚进了山沟，里面的冰棒和冰糕散了一地。梅子慢慢爬下山沟，冰棒和冰糕全摔碎了，再不能卖了，她蹲在地上伤心地哭起来。

陈福根老人见了哭泣的梅子，忙问梅子哭啥。梅子说：“冰棒和冰糕全碎了。”陈福根说：“这有啥哭的？你想挣回损失的钱？”梅子点点头。陈福根掏出一张纸，把纸铺在梅子的冰棒箱上，然后掏出笔写：儿子，我们村里的梅子靠卖冰棒和冰糕自己挣学费，她因摔了一跤，冰棒和冰糕全碎了。你见了这封信，给她三块钱，这是她送这封信的报酬。梅子说：“爷爷的字写得真好。”陈福根说：“你好好念书，今后你的字会比我写得还好……你把这封信交给我儿子，他就会给你三块钱。你真帮了我的大忙，这么热的天，我去镇里同儿子说上几句话，那还不热死我、累死我？”梅子很高兴地接过信，她知道陈福根的儿子在镇里的百货公司上班。

梅子接过陈福根儿子的三块钱，去了批发冰棒和冰糕的地方。批发冰棒和冰糕的小伙子见了梅子说：“今天怎么卖得这么快？上学的钱还差多少？”梅子说：“我摔了一跤，冰棒和冰糕全摔碎了。”小伙子笑着说：“摔碎了好。”梅子一脸愕然。小伙子说：“批给你的冰棒和冰糕坏了，变质了，有一股苦味，不能卖，有人来退货，我才知道。所以，这回给你的冰棒和冰糕不收钱。”

梅子见了卖冰棒的木生，问：“你的冰棒和冰糕坏了没有？”木生说：“没有呀！”梅子对木生说了小伙子不收她钱的事。木生说：“他是在帮你呀！他想让你能早些挣够学费。其实，许多人都在帮你。”梅子又想到她只要一到某个地方卖冰棒，那个地方卖冰棒的人就走了，他们都让着她，都不同她抢生意。

报名的第一天，梅子带着三十块钱来到学校。但梅子一打听，学费竟涨了，一年级的学费要三十五块钱。梅子很失望，陈寿桃老师抚着梅子的头说：“怎么不报名？”梅子说：“还少五块钱。”陈老师笑了：“你脚下不是有五块钱吗？”陈老师捡起来递给梅子，梅子不接：“这钱不是我的。”“不是你的是谁的？”“不是我的不能要。”梅子不接钱，陈老师一点办法也没有。弟弟拿了五块钱送给梅子：“姐，我回家跟娘说不小心掉了五块钱，大不了挨一顿打。”

梅子说：“不行，我要自己挣钱。后天不是还可以报名吗？我再卖两天冰棒就是。”梅子垂头丧气地回了家。母亲说：“没报上名？”梅子说：“学费涨了，要三十五块钱。”母亲说：“你不是有三十五块钱吗？拿钱来，我数数。”母亲接过梅子递过来的钱，数了一遍：“这不是三十五块钱吗？这么大的人数钱都不会数。”梅子数了一遍，真的是三十五块钱。梅子知道是母亲添了一张五块钱，因为这三十块钱梅子不知数了多少遍，再说她的钱她自己认得。

梅子如愿以偿地背上了书包，她读书很勤奋，每次考试都是全年级第一名。

再后来，梅子考上了清华大学，她是全县第一个考上清华大学的。后来梅子出钱在村里盖起了一所学校，村里人都感谢梅子。梅子说："该我感谢你们，如果没有你们的帮助，那我的上学路遥远得看不到头，是你们让我的上学之路变得这么近，近得只要走几十步……"两行泪水从梅子的眼眶里涌出来，她也不擦，任泪水尽情地流淌。

我要和沙漠较量

赵明宇

女人的性子犟，非要嫁给住在沙漠边缘的男人。

出嫁那一天，婚车沿着曲曲折折的小路，从日出走到日落。女人一下婚车就被惊呆了，旷野上只有一座低矮的土房子，环顾四周，茫茫沙海，满目苍黄，摇曳着稀稀疏疏的几棵篙草。这就是自己的家吗?女人的心一紧，脑海里比眼前的沙漠还要空旷。

院里有一头猪，一群羊，打量着陌生的新主人。

晚上睡觉的时候，男人把一把铁锨放在门后。女人疑惑地望着男人，男人没说话，送给女人一个神秘的微笑。

夜里刮起了大风，风卷起沙尘，魔鬼一样呼啸着，像鬼哭，像狼嚎。女人没有见过鬼，也没有见过狼，却再也想不出比鬼和狼还要残酷的词来形容。女人用被子蒙上了头，铁了心，熬到天亮，要逃离这个地方。天亮了，风也停了。女人去开门，吓了一跳，门被沙子堵上了，像是被埋进了地窖。男人不急，拿起铁锨一阵忙活，挖洞一样把门挖开了。女人到院里一看，院里变了模样，堆起一个小山一样的沙丘。

天啊，这还是昨天看到的那个家?！屋后的沙子堆得和房檐一样高，猪踩着沙子，上到了房顶。

女人哭了："这鬼地方，咋过啊?"男人说："你后悔了，还来得及，现在就可以走。"

女人看男人一眼，犟劲儿又来了，她说："我要和沙漠较量。"

男人被吓了一跳，他说："祖祖辈辈都是这样过的，你还想咋?"

女人说："种树。"

男人说："沙漠里面种树，你疯了吧?"

女人真的疯了，她把猪卖了，又卖了几只羊，换回一捆捆树苗。女人找一辆架子车，带上水和食物，拉着树苗走向沙漠深处。

男人来帮她，搭起小帐篷，挖一个坑，又挖一个坑，把树苗的根部装到塑料袋里面，浇上水，然后填沙，踩实。

夜里下大雨，女人想，树苗该成活了。一阵大风，帐篷被刮得像断线的风筝一样，上天了。雷电一闪，女人抱紧了男人的肩膀，瑟瑟发抖，像一只受惊的羔羊，任凭雨水冲刷。刚栽下的树苗被雨水冲走了，她被淋病了，欲哭无泪，发誓再也不种树了。

向家走，脚下一蓬绿色。女人问

男人:“这是啥?”男人说:“是沙柳,沙漠里的柳树,三年砍一次,把根留下,来年长得更壮。”她是看不起柳树的,家乡的柳树柔柔弱弱,像个娇气的女人,而沙漠里的柳树却是越挫越勇,如此的顽强,让她肃然起敬。她转过身又向沙漠深处走,男人跟在后面,喊着她的名字。她没有回头,而是把被雨水冲走的树苗捡回来,重新栽好。

女人回娘家借了一笔钱,全买成树苗栽进沙漠里。树苗发芽了,绿色的小脑袋在风中摇晃着。女人笑了,把家安到了沙漠深处,承包了3000亩沙漠。

女人到城里找朋友贷款。朋友说:“你疯了?把钱扔到沙漠里,会血本无归的!”

女人说:“我才不疯呢,我这一辈子不能被沙漠折磨死。”

女人白白嫩嫩的皮肤被风沙打磨得粗粗糙糙,手掌像树皮。她的房子已被浓阴簇拥,房前有池塘,养着一群鸡、一群鸭,房后是郁郁葱葱的苗木基地。

她还鼓励别人种树,一片绿和一片绿连接起来,绿色在一点点延伸。

有人来到内蒙古鄂尔多斯市乌审旗,见到了这位治沙英雄。当问她栽了多少树时,这个黑黑瘦瘦的农家女人指指身后的森林,憨厚地笑着说:“数不清了,也没有数过。”

这个女人名叫殷玉珍。

自从我妈从台湾旅游回来

李娟

自从我妈从台湾旅游回来，可嫌弃我们大陆了，一会儿嫌乌鲁木齐太吵，一会儿嫌红墩乡太脏，整天一副“这日子简直没法过下去”的模样。抱怨完毕，换了衣服，立刻投入清理牛圈、打扫鸡粪的劳动中，毫不含糊。

之后，足足有半年的时间，无论和谁聊天，她老人家总能在第三句或第四句话上成功地把话题引向台湾。

如果对方说：“某店的某道菜不错。”

她立刻说：“嗨！台湾的什么什么那才叫好吃呢！”

接下来，从台湾小吃说到环岛七日游。

对方：“好久没下雨了。”

她：“台湾天天下雨！”

接下来，从台湾的雨说到环岛七日游。

对方：“这两天感冒了。”

她：“我也不舒服，从台湾回来，累得躺了好几天。”

接下来，环岛七日游……

问题是，她生活在红墩乡三大队这样的地方，整天打交道的都是本分的农民，人家这辈子顶多去过几次乌鲁木齐，你却和他谈台湾，你什么意思？

好在对方都是本分的农民，碰到我妈这号人，也只是淳朴地艳羡着，无论听多少遍，都像第一次听那样新奇。

事情的起因是一场同学会。同学会果然没什么好事。毕业四十年，大家见了面，叙了情谊，照例开始攀比。我妈回来后情绪低落，说所有同学里就数她最显老，头发白得最凶。显老也就罢了，大家说话时她还插不上嘴。那些老家伙们一开口就是新马泰、港澳台，最次的也能聊到九寨沟，就她什么地方也没去过，亏她头发还最白。

她一回来就买了染发剂，但还是安抚不了什么。我便找旅行社的朋友，帮她报了个台湾环岛游的老年团。

总之，事情就是这样的：去年年底的某一天，我妈拎了一只编织袋，穿了双新鞋，去了一趟台湾。这是她老人家这辈子第一次真正意义上的旅行，几乎成为她整个人生的转折点。

她回来后，第一件事是掏出一支香奈儿口红扔给我，轻描淡写道："才两百多块钱，便宜吧？在咱们乌鲁木齐，起码三四百块。"——在此之前，她老人家出门在外，渴得半死也舍不得掏钱买瓶矿泉水，非要忍着回家喝开水。

那是最后的购物环节，大家都在免税店"血拼"，只有我妈站在一边等着，不明所以。有个老太太就说了："你傻啊？在这儿买多便宜啊，回去买，贵死你！"

可在我妈看来那些东西也不便宜，一个钱包八千块，一支眉笔五六百块。（后来我听了直纳闷，我明明给我妈报的是老年团，都消费些什么跟什么啊……）

还有的老太太从另外的角度怂恿她："钱嘛，生不带来死不带去，咱都这把年纪了，再不花，还等什么时候？"

我妈是个好面子的人，最后实在架不住了，只好也扎进人堆挑选了半天，买了支口红。

这么一小坨东西，说它贵嘛，毕竟两百多块钱，还能掏得起；说它便宜吧，毕竟只有一小坨。于是，脸面和腰包都护住了。我妈还是很有策略的。

除此之外，她还在台湾各景区

的小摊小贩处买了一堆罕见的旅游纪念品。幸好带的编织袋够大。但是不久后，我在阿勒泰各大商场、超市分别看到了同样的东西，价格也差不多。

在台湾，她第一次近距离接触大海，感到忧心忡忡。她说："太危险了，也不修个护栏啥的。你不知道那浪有多大！水往后退的时候，跑不及的人肯定得给卷走！会游泳？游个屁，那么深，咋游！"

她还喜滋滋地说："我趁他们都不注意的时候，偷偷尝了一下海水，果然是咸的！"

又说："海边的风那个大啊，海边支个小棚，人人都进去吃东西，一拨人吃的时候，另一拨人在旁边等着。太厉害了！"

我："这有啥厉害的？不就是在海边吃个东西嘛。"

她："我是说，老板的生意厉害！"

之前，她看了朱天衣的《我的山居动物伙伴们》一书，无限神往。

她说："每到一个有山的地方，我就使劲地看啊，使劲地找啊，特别想找到那一家人，去打个招呼。好多山上都有她说的那种细细的沥青路，弯弯曲曲地伸到林子里。我猜他们肯定就在路尽头。我还和前后左右的老头儿老太太们都说了这家人的事。"

最后她说："给我在台湾买个房子吧。"

另外被她反复提及的还有司机的一条小狗。她说一路上小狗一直跟着他们，司机开车时，它就卧在他脚下。到地方了，司机就抱它下去解手，一解完它就赶紧往车上跳。

她特别提到，有一次，车下的一只野猫引起了狗的注意。它在车门边虚张声势地冲猫大喊大叫，猫理都不理它。司机把狗抱下车放到猫旁边。

刚松手，狗就蹿回了车上。

我不知道这件事有什么特别的。她起码说了五遍。

她说："要是带上赛虎（我家的一只小狗，十一岁半）一起去就好了。赛虎从没去过台湾。"

我问："导游好不好？"

她说："好！就是辛苦得很，一路

上每个人都要照顾到。”

我：“司机好不好？”

她：“司机也辛苦，特准时，从来没让我们等过。”

我：“临别时你给了人家多少小费？”

她：“给屁，我可没钱！”

想了想，又不好意思地说：“别人都给了，都给得多，不缺我这份。”

又说：“别人塞钱的时候，我就装没看到。”

我估计就算她给人家小费，人家也未必肯要。我把在冬牧场用过的那个漆面剥落、缠满透明胶带的卡片相机转赠给她了。她到台湾后，到处请人用这个相机帮她拍照，每次都不忘拎着那只编织袋。

我问：“台湾的东西真有那么好吃？”

她怒道：“别提了，去了七天，拉了三天肚子！”

又说：“那些水果长得奇形怪状，真想尝尝啊，又不敢，一吃就拉肚子！”

又说：“满桌子菜色漂亮得很，什么都有，可惜全是甜的，吃得人犯恶心。”

又说：“后来饿得我头晕眼花，特想家里的萝卜干。幸亏同行的老太太带了一瓶剁椒酱——她们出门可有经验了。她帮我把剁椒酱拌在米饭里，这才吃得下去。”

最后说：“拉了三天肚子啊，腿都软了，连导游都害怕了，担心我出事，都想安排我提前回来。”

我说：“听起来很惨啊，都病成那样了，还玩啥啊！”

她说：“病归病，玩归玩。总的来说，还是很不错！”

去之前，我倒是没考虑过闹肚子这个问题，唯一担心的是怕她晚上睡不好觉。她长年神经衰弱。

我问：“你和谁住一个房间？她打不打呼噜？吵不吵你？”

她害羞地说：“她不打呼噜，倒是我打呼噜，把她吵得一连几天都没睡好，只好白天在大巴车上睡。”

我惊道：“那人家不烦死你了？”

她：“我拼命地道歉，帮她拿行李，她就不生气了。还安慰我，还帮我打听治打呼噜的药。”

飞机从台北飞回乌鲁木齐，飞

了六七个小时。下飞机时,她几乎和满飞机的人都交上了朋友，还互留了电话。

大家都是出门旅行的，所报的旅行团各不相同,免不了比较一番:“你们住的酒店怎么样?你们的伙食如何？你们的导游引导购物多吗……”大伙踊跃吐槽,很快将各大旅行社分出了三六九等，丝毫不考虑旁边各旅行社的领队的感受。

接下来又开始分享各自的旅行经验:出门带什么衣物,穿什么鞋,到哪儿少不了蚊子油,哪儿小偷多,哪儿温泉好……我妈暗记在心。回来以后，向我提了诸多要求：买泳衣、买双肩背包(终于发现拎编织袋有点不对了)、买遮阳帽、买某某牌的化妆品、去北欧四国……

北欧四国……就算了吧，毕竟出钱的是我。我劝道:“那些地方主要看人文景观,你素质低,去了也搞不懂,还是去海南岛吧。”

看来人生的第一次旅行不能太高端,否则会惯坏的。

她开始研究世界地图。

一会儿惊呼一声:“埃及这么远！我还以为挨着新疆呢！”

一会儿又惊呼:“原来澳大利亚不在美国！”

最后令她产生浓厚兴趣的是印度南面的那一小片斑点:“这些麻子点点是啥地方？”

我说:“那是马尔代夫。”又顺手用手机搜出了几张图片给她看。

她啧啧赞叹了五分钟，掏出随身的小本,把“马尔代夫”四个字庄重地抄了下来。

我立刻知道坏事了。

当天她一回到红墩乡，就给我旅行社的朋友打电话，要预约去马尔代夫的旅行团。

我的朋友感到为难,说:“阿姨,马尔代夫好是好，但那里主要搞休闲旅行，恐怕没有什么丰富的观光活动。不如去巴黎吧,我们这边刚好有个欧洲特价团。”

我妈认真地说:“不行，我女儿说了,我的素质低,去那种地方会丢人现眼的。”

以前吧，我家的鸡下的蛋全都攒着，我妈每次进城都捎给我的朋友们。如今大家再也享受不到这样的福利了。我妈开始赶集，卖鸡蛋挣的钱分文不动，全放在一只纸盒子里，存作旅游基金。

但赶集是件很辛苦的事，我只好在朋友圈里帮着吆喝：“请买我妈的鸡蛋吧，请支持我妈的旅游事业吧。”

大家纷纷踊跃订购。我妈一看生意这么好，很快又引进了十只小母鸡。估计到今年初夏，日产量能达到十五到二十个蛋。

我们这里的土鸡蛋一个售价为一块五毛，这样算下来月收入至少七百元，一年下来八千多元。我家的奶牛基本上一年半产一头小牛犊，五个月大的小母牛售价四五千元，小犍牛可卖到三四千元。“李娟你再给妈补贴一点好吗？一年远游一次，什么北欧四国、马尔代夫，统统不在话下。”

另外，从今年开始她老人家正式领退休金了，每个月一千多元。在农村生活花不了什么钱，省着点用，到年底存个万儿八千的不成问题。于是乎，她觉得一年旅游两次，什么秦皇岛、峨眉山，也不在话下。

总之，台湾之行是我妈一生的转折点，几乎是她一生中最幸福的时光。之前她拍照时总是抿着嘴、板着脸，丝毫不笑，冒充知识分子。如今她完全放开了，一面对镜头，笑得嘴角都岔到后脑勺了，还学会了无敌剪刀手和卖萌包子脸。不但染了头发，还穿起了花衣服。

我建议：“妈，穿花衣服也不是不可以，但是，当你穿花上衣的时候能不能别穿花裤子？或者穿花裤子的时候别穿花上衣？”

她不屑一顾：“你没见人家台湾人，男的都比我穿得花！”

在台湾，她还学会了丝巾的四种系法，回家后一一给我示范。

她说：“当时大家在上厕所。厕所门口就是卖丝巾的摊子，只要买他的丝巾，他就教你怎么系。”

“你买了？”

“没买。”她很自豪，“我记性真好，只看了一遍就全记住了！”

我心想：“要是教了好几遍还学不会，又不买人家的丝巾，好意思吗？”

她一边扯着丝巾在镜子前扭来

扭去，一边感慨："这是去台湾最大的收获！"

我哼道："好嘛，花了我八千块学费，就学了个这！"

突然有一天，我妈认真地说："从此以后，我要放下一切事情，抓紧时间旅游！"

我以为她彻悟了什么："什么情况？"

她说："听说六十六岁以后再跟团，费用就涨了。"

我的电视梦

蓝斌

"……长路漫漫，踏歌而行，回首望星辰，往事如烟云……"小时候，一听到电视剧《雪山飞狐》的主题曲，我就再也坐不住了……

记忆里的电视都是黑白的，信号也是模拟的，主家在房顶树一根杆子，绑住天线，屏幕上出现雪花时，就安排一个人上去扭动天线，等图像出来后，下面的人就喊“好了”或者“再往右，再往右”。

率先买电视的是我的玩伴酸奶家。因为他爸妈都是干部，所以也学城里人买了电视，放在大堂屋，平时用布盖好，到晚上才打开。我们屯没有电，酸奶爸隔三岔五便用“二八”自行车驼电瓶去乡里充电。

电视正前方，最好的观赏位置是酸奶家的，次好的是他们本家的，其他的人，去得早的可以坐条凳，去得晚的便都站着看。有几户人家时不时送些瓜果蔬菜给酸奶爸，也偶尔获得坐前排的优待。

有个闷热的夏夜，还没到八点，大家就已经聚集到酸奶家。每逢离八点还有一分钟的时刻，酸奶的姐姐就会在众人羡慕的目光中去接那电视与电瓶的连线。因为从未尝试过，所以我非常想感受一下用手触摸那接线时的神气感，于是，这天快到点时，我一个箭步跑过去就把线接上了。母亲大声呵斥：“咋这么皮，弄坏了咋办？”几乎同时，酸奶的姐姐朝我走来，扬手就给了我一巴掌。酸奶爸说了她几句，酸奶也急得直哭，母亲则不再吱声，拉着我走了。

往后，酸奶依然来我家玩耍，并唤我母亲为婶娘，但我和母亲从此再没去他家看过电视。如今，那曾经打过我的姑娘早已嫁为人妻、为人母亲了，如果她仍记得往事，她一定能体会渴望看电视的孩子的好奇心理，更能体会被打者母亲内心的酸楚。

没过一年，屯里大牛也买了电视，比酸奶家的更大更清晰。大牛为人热络，所以，去他家看电视的人特别多，我也每晚去他家看电视。

某天晚上，是孟飞版《雪山飞狐》的大结局，大牛家人山人海，像召开屯民会议一样。大牛忙前忙后，到各家借了七八条长凳，但依然有四五十人没位子坐。我因去得早，占了个靠前的位子，但很快就有位从未看过电视的爷爷过来了，我便让了座，与其他小孩一样挤在几乎与电视平行的侧面观看。

外边，萤火虫像流星一样飞舞，电视也播到了最紧要关头，“雪山飞狐”胡斐和“人面佛”苗人凤刀剑往来，决一死战。所有的人都屏住呼吸，等待结局的到来。忽然，苗人凤兔起鹘落，飞身半空，剑峰直指胡斐咽喉，那距离只差一点点了……

没想到“呼”一声，雪花布满屏幕。大伙一愣，没反应过来，再细看，原来不知是谁无意推搡，我一下撞到了天线杆上！

大牛赶忙调整天线，但左摇摇右摆摆，弄了半天，屏幕才再次清晰起来。这时，片尾曲已经播完了。

所有在场者的目光都集中到我身上。我不知道自己是如何度过那一刻、那一晚，甚至那个暑假的。尽管大牛对于我的过失给予了极大的宽容，还劝慰说像《雪山飞狐》这么好的剧目以后一定会重播的，但依然不能减轻我的自责。

第二天一大早，所有的男女老少，赶集的，走亲戚的，故人碰面的，都彼此打听苗人凤那一剑到底砍下去没有。传出的答案林林总总，莫衷一是。有些老人讲，如果能知道真正的结局，就没有什么遗憾了。每听到这样的讨论，我就觉得自己的过失难再弥补。

唉，什么时候我家也能有台电视呢？

如果我家有电视，我一定像大牛那样，不，我要比大牛更好，我要把我家的电视放在大院里，让全屯人，不管是谁，都可以来我家看电视，没有任何惶恐，就像待在自己家一样。

这就是我儿时的梦想，这个梦想在童年的记忆里坚不可摧。

但二十年过去了，依然没能兑现，我家反倒成为屯里唯一没有电视的。原因很简单，最初是哥哥患了病，之后是我读大学，都要花钱。每次提起此事，爸就说：“再等等吧。”

那年冬天，年近六旬的爸妈日夜在自家承包的泥鳅地里操劳，要过冬了，必须及时把两万条鳅苗移到棚内，呵护好了，才能确保来年的收成。

经过一冬的努力，两万条泥鳅换来了雪花大银，爸爸把大腿一拍，下狠心用这“泥鳅钱”买了彩电。我凝视着这彩电，万千思绪涌上心头。妈妈像是完全懂得我的心事，赶忙递来了刚出锅的蒸饺……

十几年过去了，这台电视就像一位老友一样陪伴着我们度过了在农村时的岁月。我们所钟爱的许文强、程灵素、胡一刀、安大傻等人，就是在这台老电视上反复观看的。到城里居住后，爸妈很坚定地把电视搬了过来。

前些年，电视出了些毛病，我试着用手拍了几下，又能看了。后来，手拍也不灵了，两位老人花了三十块钱搬到旧市场去，修好后，至今仍看着。

谁也舍不得扔掉这台粗旧笨重且霸占地方的“老家伙”。因为它包含着太多的记忆和梦想。

夏老师

愚石

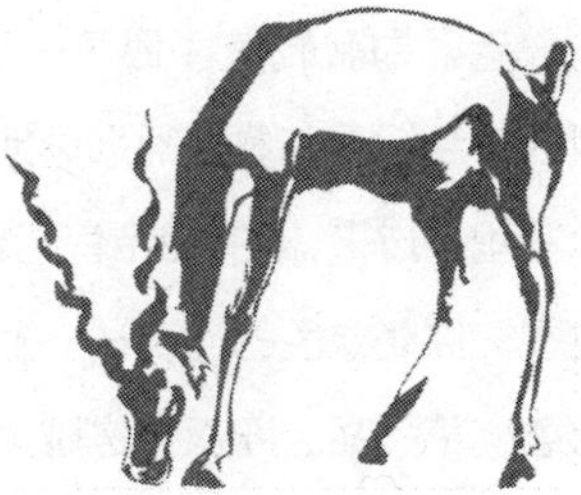

1978年，我10岁，在邻村小学上三年级。当同学们知道班主任夏真老师要嫁给我们村的孟老师后，班里一片欢腾。而最兴奋的，莫过于我这个班长了。我和几个要好的同学凑了一块多钱，到集市上为夏老师买了一块素格方巾。当我们手捧方巾站在夏老师面前的时候，看见她脖子上的红色方巾搭配着浑身上下的一身红色，一下子不知所措。正犹豫时，夏老师已迅速解下了方巾，把我手中的方巾拿过去围在脖子上。那一天，夏老师的笑容如绽放的玫瑰，艳丽、灿烂。

四年级的下半学期，学校开始实行撤并，一批民办教师要被辞退。夏老师虽然教学成绩不错，但因为只是初中毕业，被列入了辞退之列。夏老师听到消息后，哭了三天三夜。

夏老师为我们上了最后一课。那堂课，我们看着夏老师远远地从办公室里走过来，她的脚步有些飘。她穿了一件淡绿色的连衣裙，上面点缀着桃花图案。连衣裙是城里人穿的衣着，在此之前我们从未见夏老师穿过。在她进入教室之前，同学们全体起立，掌声响成一片。夏老师的泪水强忍在眼眶里不到 3 秒钟，便抑制不住地流了下来。她哽咽着上完最后一堂课，然后，站在那里，头靠着墙壁，一句话也不说，只是用手势向我们示意："下课了……你们走吧。"我们约定要用掌声欢送夏老师，最后却变成了哭声一片。

放学后，夏老师留下我和她一起走。她推着自行车，后座上的纸箱里装满了备课本。夏老师脸色苍白地说："你是我教过的最好的学生，将来一定会有出息的！你们家兄弟姐妹多，如果有什么困难，就来找我，我一定会帮你的！"我不知道该如何回答，只是不住地点着头。走了好一会儿，夏老师停下来，从箱子里拿出一张照片递给我："我知道你不愿意老师离开，送给你一张照片吧，想老师的时候就看看……"照片上的她围着我们买的方巾，笑容灿烂。

再次见到夏老师，是我在县城读高中的一个暑假。我回家帮父母割麦子，远远地看见夏老师和同样被辞退的孟老师，他们在我的前面拉着一辆地排车，车上装的是满满的成麻袋的麦子。夏老师双手紧紧地抓住地排车的两条车杆，腰身使劲地弓下去，袢绳把她的肩膀勒得很紧，几乎要勒进肉里去了。我远远地喊了一声"老师"，夏老师的步子慢了，在她几乎要停下的瞬间，又快速地伏下身子，使劲拉起了车。孟老师回头看我，抬起胳膊向我摆了摆手，脸上有一丝歉意。我知道夏老师肯定听到了我的喊声，我想追上去再给夏老师打个招呼，但她的迟疑却让我感到她内心的犹豫和不安。我站住，再不敢往前走一步。

村里人说，夏老师在家里的一面墙上漆了一块黑板，农闲时节或者夜晚闲坐的时候，她都要站在那块黑板前，给装得像学生一样听话的丈夫和一双儿女上一堂精心准备的语文课。有时家里没有人，她便会一个人声情并茂地朗诵课文，声音像鸟儿一样婉转动听。我听母亲说，在我读高中的某一段时间，学校曾经让夏老师又代了3个月的课，原因是学校的一位女老师“坐月子”。而那3个月，也成了夏老师与学校打交道的最后时光。邻居们都说，那3个月，夏老师像年轻了10岁，走路都带着风；3个月过后，她又像一下子老了20岁，整个人像霜打的桑叶，慢慢枯萎下去。

高中毕业之后，我考上了一所师范院校。我去县城拿录取通知书的时候，夏老师专程跑到我家，给我送去了20元钱。夏老师家并不富裕，这却是我收到的最多的一份礼金。母亲说，夏老师听说我考上了大学，尤其是师范院校后，高兴得几天睡不着觉。她还叮嘱我要好好学习，继续往上考，要当大学教授。

自从恢复高考之后，谁家的孩子考上大学或者中专，村里都要放一场电影庆祝一下。我和村里讲，就放《乡村女教师》。那天晚上，我在最好的位置放上了几把椅子，其中一把是留给夏老师的。但是直到电影结束，也没有见到夏老师。但我知道，夏老师一定在某一个角落，与西里耶夫娜念着同样的台词：“孩子们，从今天起你们就是学生了。我要教给你们识字、算术，我要告诉你们风往哪里吹，河往哪里流，我要教给你们——思想！”

我大学毕业后不久，便调到县教育局工作。一天下午，门卫告诉我，有个农村妇女找我。我快速地跑到大门口，一下子愣在那里。我看见夏老师如一棵一吹即倒的枯杨，搓着两手，无助地站在那里。夏老师只有40多岁，她的脸却像一位耄耋老人。我刚想喊一声“夏老师”，嗓子眼里却似乎堵上了什么东西，咳了几次也没有叫出声来。

“你看，我来是给你添麻烦的。我知道你刚调到教育局来，一定会很难。”夏老师使劲咽了几口唾沫，抿了抿嘴唇，“我听别人说，以前的民办教师现在都要转正了，要吃‘国库粮’了。我只是想问问，他们转正调到城里之后，咱老家是不是就缺老师了？是不是需要代课教师？”

那些关于政策的明文规定，一定让夏老师心如刀割，我的回答既生硬，又没有丝毫的人情味。夏老师像一个犯了错误的小学生，麻木地点着头，然后拒绝了我的挽留转身离去。她独自踯躅在路上，北风吹散了她的头发，她也不去整理，任由它随意飘来飘去。

两三年后的某一个上午，我突然接到一个电话：“孩子，我是夏老师。告诉你一个好消息，我们家的姑娘——你妹妹孟师师，考上了省里的师范大学了……”

我的心里一颤，突然意识到，夏老师的生命与梦想的延续，就以这样一种方式悄悄进行着。我刚想对夏老师说几句祝贺的话，又听到夏老师说：“我现在清闲下来了，如果哪个学校需要志愿者，别忘了告诉我一声啊！”

放下电话，我久久地待在那里，想起头一天夜里做过的梦，梦见自己看见了天际的一颗星，耀眼且永恒，如夏老师的眼眸。

乡村媒人

赵英杰

乡村的青年男女到了婚嫁的年龄，自己还没着急，那些媒人们便先上了心，说谁谁谁家的小子长成了，谁谁谁家的妮子排场哩，该给他们说个家了。

乡村媒人，不是谁都能当的。首先媒人要腿勤快，不怕苦、不怕累、不怕麻烦，说一个媒跑十趟八趟也心甘情愿。另外要嘴会说，能说到男女双方的心窝里去，乡下人说谁“长了一张两头白面的嘴”，就是说媒人的，因为只有把话说得两头听了都得劲才中！媒人更要心眼好，一是一，二是二，不能两头糊弄，更不能两头捣。

乡村媒人多半是男的，女的很少，这跟乡村的家庭结构有关系。女人主内，男人主外，自然而然男子的接触面更广些，哪村有个好小伙或好姑娘，他们都清楚。当然，也有不少是男女媒人结合起来去说的，男的爽快，女的心细，男女搭配，干活不累，那说媒的成功率就高些。

乡亲们说：“谁说够 100 个女儿媒，就能成神仙。”神仙自然是受人崇拜、受人尊敬的，从中可以看出乡村媒人在乡亲们心中有多高的地位了。他们说媒都是尽个心，是不收啥报酬的。要是谁贪了心收了乡亲们的礼钱，那他就别想在媒人圈中立脚了。

我和妻的媒就是由中叔说的。

那时俺家穷，爹去世了，娘带着我们住着几间破草房，我上不成学回家种地了，还啃着砖头似的书，成了十里八乡有名的书呆子。

中叔对俺娘说："嫂子，我想给娃说个媒，你说中不中？"娘说："哪会不中？中！可就是又要让你吃苦受累了。"娘边说边叫我给中叔掂酒去，中叔拦住我说："我一不吸烟，二不喝酒，啥也不叫你破费，多好的娃，该成家了。不是给嫂子说哩，我整天着急得很！闺女是俺表哥的妮儿，长得中，心也好，哪儿都不赖，跟咱娃可搭配！你尽管放心，我就是把嘴唇儿再磨薄些，腿再跑短些，也要把娃的事说成！"

乡村媒人说媒都是在夜里行动，这样不耽搁白天干活。晚上，人们都在家，他们却连着脚跑，来回奔波于男方和女方之间。其实，乡村媒人是在牺牲着自己，幸福着别人。

媒说成了，男方自然高兴，按乡村的习俗，自然是要摆一个整桌，请请媒人，请请女方家的亲戚来贺一贺，过个帖；男方也要给媒人封个封子，以表示对媒人的谢意。我和妻过帖的那天，宾客们都给中叔敬酒，说他是今天最该喝酒的人，又办了一件大好事。中叔红着脸说："哪儿呀，还差远哩。我的目标是 100 个，好成神仙啊！"宾客们说："100 个会中？"中叔说："不中就不中，只要我能动弹，就只管说！"

送走了宾客，娘就把早已准备好的封子拿了出来。封子是有讲究的，只能用红色的东西包着。条件好的，是一条红手绢；条件差的，也得用一块方正的红纸包着。我家的封子是娘特意用红线缠着，娘笑得合不拢嘴："他叔，娃的事多亏你了，这点儿心意，你咋着也得收下！"中叔的笑脸变了："老嫂子，我要图这，就不是人了！"娘说："俺知道，可这是俺的心意，你也该领吧！"中叔说："这不是领了吗？饭也吃了，酒也喝了，心里得劲透了，还要啥？"

娘最终也没拗过中叔。中叔只取了一条红线去，这也是乡村媒人收封子的一种特有的方式。乡村媒人把一个媒说成，他的任务还远远没有完成。一个媒从说到成再到结婚，少则一年半载，多则两三年，这中间瞧亲戚呀，过节气呀，都得媒人把心操着。特别是到结婚的时候，遇上男方不情愿的、女方不让步的，那媒人就该受罪了，明明知道双方都没啥，就因为到这般时候了，不使点拧劲便晚了。于是，便顾不了平时的亲呀爱呀，男方说："多一点也不给！"女方说："少一点也不去！"媒人劝了男的劝女的，谁都有气谁都有理。媒人没了办法，只好说："都有理，就我没理了，实在不中，那就退婚吧！就算我没说，算我把心操到狗肚子里了！"见媒人真伤了心，男方首先便觉着没了意思，人家图个啥？跑前跑后，还不是为咱好？等把新人双双送进了洞房，媒人早把自己的伤心忘得没影儿了，还免不了送上一份喜钱，多喝几杯酒，趁着乡亲们的贺喜劲，便把那海口夸下了："中，中！娃儿们的事都包在俺身上啦！"

随着时代的变迁，自由恋爱在乡村已成为风尚。如今，乡村媒人的角色似乎也淡了，但乡亲们没有忘记他们，总有人请他们到娃儿们的婚宴上主持主持，让娃儿们拜拜，也算是明媒正娶。娃儿们的腰还没弓下去，他们便把娃儿们的手拉住了，连声说："没尽心，没尽心，不敢当，不敢当！"娃儿们说："你们可是咱庄上的大功臣啊！要不是你们，咱庄还不会人旺财旺哩！"娃儿们会说话，说得在理。他们听了，觉着这一辈子当个媒人，就是中！就是美！

锯羊角的额吉

艾平

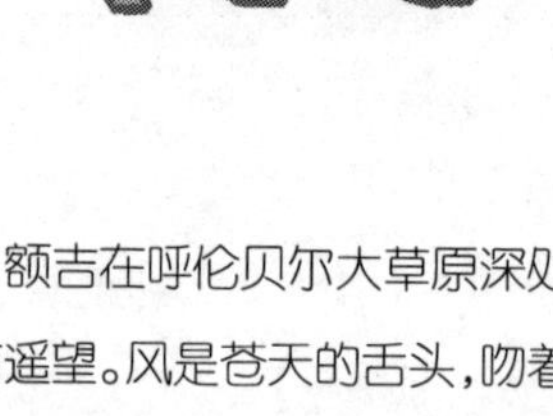

额吉在呼伦贝尔大草原深处向远方遥望。风是苍天的舌头，吻着额吉银灰色的发丝，牧草是大地的手指，抚摸着额吉长长的影子。额吉的身体挺立着，脸和手与泥土同色。

在这十几年里，额吉的5个孩子像小燕子一样飞出了蒙古包：大儿子和大女儿在旗里生活，其他3个走得更远，一个在呼和浩特，一个在北京，还有一个在日本。他们的名字像一首诗，在巴尔虎人的嘴里一遍遍传颂。每当草原上有婚礼的时候，额吉不论多忙，也要赶去祝贺。回家以后，她便把在宴席上听到的赞扬自己儿女的话，说给留在家里放羊的阿爸听。

额吉和阿爸没到城市里去享受儿女的成功，他们怎么能离开草原呢？羊怎么办？草场怎么办？每当酸奶子成型，手把肉出锅，额吉便想起从前蒙古包里那5个小脑袋围着桌子等着她分食的情景。每当大雪把草原变成银盆，额吉就后悔把马群卖出去的事情。要是那匹沙毛马还拴在蒙古包前，额吉这会儿一搂鞍韂上了马，由着马蹄“嘚嘚嘚”地敲打着雪壳子，眨眼工夫就能看到大儿子和大女儿了，只要和孩子们一起喝上一碗奶茶，她心中的草地便会像获得了春天的雨水那般滋润。

早晨，阿爸骑着摩托车赶着羊群远去了，只有那几头病羊陪伴额吉。

有什么声音能来搅动一下额吉的草原呢？

额吉似乎听见蒙古包里的桦树皮摇篮发出婴儿“咿咿呀呀”的声音，听见了沙毛马还是个驹子时那细弱的响鼻声，听见有人在牛粪垛下叽叽喳喳的说话声……其实额吉也知道这些声音都是自己胡乱想出来的。可是，这些胡乱想出来的声音却让额吉萌生出想说说话的欲望——有一只羊的犄角早就该锯了，你说把孩子叫回来吧，还有点不值得；不叫吧，家里的锯条不好使了，那羊不能吃草了。

额吉想，大儿子忙，就给大女儿打个电话吧，让她回来的时候捎上一根小锯条，可是大女儿的电话老是无法接通。额吉刚把电话放回草窠里，电话却响了。额吉喜上眉梢，一拿起电话，却是一个推销电话，这一次推销的是香港直飞游。额吉对着电话说：“我飞了，你来给我们家他阿爸熬茶呀？”

额吉把头上的白缎子头巾摘下来，在阳光里抖了抖，头巾上没有一丁点灰尘。今年草好，厚厚的，像在地上绣了一层丝绒，风只能刮起满地的香味儿，刮不起一丝沙尘。额吉心一宽，就听出来草原上其实只有一种声音，是身后那只羊的肚子在“咕噜咕噜”响。那羊的两只角长到脑后，打了一个弯，又向前长，直杵到它的嘴里，使它无法吃草。额吉昨天给大儿子打了电话，让他回来时捎一根新锯条。儿子说：“额吉，你等我放假回来锯。”大儿子在旗里当干部，总是说回来，到时候就回不来了。于是，额吉自己进了羊圈，抓住羊耙子，捆紧了它的腿，动手锯羊角。这羊耙子是额吉一手养大的，高大壮实，羊群里有十几个它的儿子。除了初冬的时候放进羊群配种，额吉平时把它关在蒙古包前的小圈里，像个佛爷似的供养着。

额吉觉着自己近来好像有一点怕，怕这头大角的羊耙子变老，老得冲不到小母羊的身上去，老得嘴里的8颗牙不能把青草咀嚼成浓浓的绿汁儿；怕它有一天突然往草地上一歪，就把魂交给长生天了。额吉知道人也和羊一样，迟早有那么一天。

阳光顺着额吉手上的小锯条爬来爬去，羊侧着脸，眼睛随着锯条眨巴。额吉锯着锯着，心里渐渐地生出一些惆怅。她想放开嗓子唱一首歌，唱一首很久不唱的长调《牧歌》，又由《牧歌》想起长调歌唱家宝音德力格尔，这首歌谁也没有宝老师唱得好听。额吉想把宝老师的歌儿唱出来，让自己的心在一个人的草原上无拘无束地回到年轻的时光里。可是额吉弓着腰，锯着羊角，气喘吁吁地唱不出来。额吉需要一个嘹亮的声音，来助推一下自己这不由分说的想头。她连忙打开手机，她想起小女儿说手机里可以找到很多草原歌曲。

手机里的歌声唱起来了，高亢而悠扬——阳光……阳光流淌……就在……就在……这片草原……额吉不明白，手机为什么总是唱这一首歌。额吉的手机是最新款的，是小女儿给她设置的。小女儿经常给她发来照片，额吉和阿爸虽然不会翻看，却还是盼着小女儿不断给他们发，因为每次一发完，那调皮的小女儿就会打电话来。上了大学的小女儿说话还是那么奶声奶气的。额吉和阿爸一听到小女儿的声音，就好像看见了 10 年前把小女儿送到旗里上小学时，她那小羊羔似的样子。因为小女儿发来的她跳舞的这些图片，额吉和阿爸便有了叫大儿子和大女儿回来的理由。他们一到家，家里的蒙古包就会像萨日朗的蓓蕾突然绽放，变得活色生香。

额吉捣鼓了老半天，手机还是唱不出别的歌曲来。额吉觉得，哪怕是小母羊娇嫩的奶头，也要使劲才能挤出奶来。可是还没等额吉的手指使劲，屏幕上的符号就展开一双又红又绿的翅膀，“刷”的一下不知飞到什么地方去了。

“阳光……阳光流淌……就在……就在这片草原……”岁月果然就在额吉的蒙古袍的边上流走了。额吉想，人要是草原就好了，年年都重新发芽，永远都不会离开自己最心疼的小草和小花。

额吉用手摸摸羊角上自己锯出的口子，还是那么浅。她伸伸腰，喝了一碗奶茶，开始喂羊。额吉用两只手向外掰着羊耙子的两只角，蹲在羊头前面让羊自己吃草。冷蒿和碱草，还有野葱幽绿发亮。羊耙子性子急，老想摆脱额吉的手往前够草。额吉弯着腰,慢慢随着羊往草厚的地方退。

额吉心想，要是老头子看见自己这样侍弄羊,一准儿会说,你这个女人真是个傻狍子，你不要你的老骨头了。额吉的嘴边不由得浮现出一丝微笑,在心里和阿爸说,你不是一直说你老婆像一头 4 岁小母马那么扛造吗，你这爱尥蹶子的儿马子啊,也懂得心疼人了……俄顷,额吉觉得腿有点支撑不住身子，她想站起来换个姿势，到底是身子骨不那么灵活了,没等姿势拿好,就一屁股跌坐在了草地上。

随着额吉这一跌,“扑棱”一下从草丛里飞起一只百灵鸟，它旋转在额吉的头顶上，一声比一声叫得凄厉,就是不肯离开。额吉知道春天深了，果然看见身后有一个用乱羊毛和软草做成的窝，窝里面是 4 个浅褐色的鸟蛋,油汪汪的,挺好看。额吉赶紧牵着羊，远远地躲到了蒙古包的影子里。百灵鸟轻轻落下来，继续自己的天职。

在寂静的阳光里，一个巴尔虎母亲慢慢地锯着羊角，一只百灵鸟妈妈静静地孵卵。

留守的干女儿

李晓

她一个人站在山梁上，露出怯怯的目光,偶尔还在吮手指头。她才 10 岁,在乡村小学读三年级,马上要放寒假了,她在等我去看她。

她目光能够眺望到的距离,翻越群山抵达我住的城市,有 20 多公里，这是她能够目测到的距离。她望不到的，是上千公里外的南方某城，她的爸爸、妈妈都在那里打工。

去年春节里的一天，我提着礼物驱车去看她，雨后的山路泥泞不堪，山雾缭绕，小车无法前行，我和朋友只有下车步行。大雾中，一个女孩扑入我的怀抱，含着泪叫我一声：“干爹！”我把她一把搂入怀中。她是我的干女儿，她叫小菊，普通的名字，好比这路边的山花。一旁是她60多岁的奶奶，老人不住地搓着手，拍打着衣衫上的灰尘。老人告诉我，儿子儿媳都没回来，在那边厂里加班，发的是平时的双倍工资。

一年前的秋天，我们当地的作家和商人发起一项关爱留守儿童的活动，我和来自河南的商人老王一同认养了小菊。那次活动，一个腿有些跛的男人，特地从打工的城市坐着火车回家。

几天后，那个男人扛着一袋米，还有核桃、山药、鸡蛋，他不坐电梯，一瘸一拐爬到20楼时，早已是气喘吁吁，他找到了我，一把就抓住我的手说：“大哥，我是小菊的爸。”我给他倒了一杯水，他一口就喝干了，胡子上沾满了水。他局促地坐在沙发上，像在相馆里照身份证照。他抬起腿就要走，说是要回去帮母亲挖地，种上秋菜后就去打工。我留他吃了饭再走，准备和他好好谈一谈小菊的事。我听学校的老师说，小菊学习不错，就是性格太内向了，走路总是埋着头，望人的目光像一个受过惊吓的小兔子。

他走出了门，突然回转身，嘴唇嗫嚅着。他点燃一支烟，开口了：“李老师，你是有文化的人，我没有文化，初中还没读完就出门打工，你做小菊的干爹吧，不要嫌弃啊！”他眼睁睁地望着我，等我回答。

我几乎没犹豫就点了点头。他竟激动得哭了，说我不嫌弃他。那天，他主动说不回家了，要和我到外面去喝酒。他的兴致那么高，唠唠叨叨说起他在外面打工的事情。和中国的亿万民工一样，他有着自己辛酸的经历。

最后，我们说到了小菊。我才知道，小菊的母亲是因原来的丈夫车祸死了后改嫁给他的。那一年，他已经28岁。“小菊就是我的命。”这个男人咬着嘴唇说。“但小菊对你们越来越陌生了。”我轻声告诉他。当着我的面,他哭了,抖动着肩膀。

在我的要求下,周末的一天,我们一家人邀请小菊来城里，正式收小菊为干女儿。那天,小菊脸蛋红扑扑的,小辫子上还扎着一朵花。他爸推着小菊说:“小菊,叫啊,叫干爹!”

小菊埋着头,脚在地上蹭着。他爸爸生气了,推搡着她,要她叫我干爹。但那天,她始终没有叫。我说:“慢慢来吧。”

小菊的爸爸又出门打工去了,临行前,他对我千恩万谢。

后来，我前后去了几趟小菊的家。看见小菊在灶台上一笔一画认真地做作业;看见她做完作业以后,就帮奶奶做饭、喂猪,来了客人,就搭上扶梯,踮起脚去取腊肉。我在小菊家住了一晚。某一天,天还是漆黑的,我陪小菊打着火把去10里外的学校上学。那天在学校门口,小菊叫出了声:“干爹!”回过头,雾霭中,我落泪了。

小菊把她的心事都告诉了我,我是她最信任的人。

今年寒假考试前，我给小菊打电话:“女儿啊,好好考试,干爹春节去你家陪你过年。”小菊就一个字:“嗯!”

今年春节,我带着全家人,来山里陪小菊过年。只要她快乐,只要她开心,我们全家人也就开心了。

母亲进城

宁子

粮袋里的秘密

父亲去世10年后，在我的“软硬兼施”下，母亲终于同意来省城跟着我——她最小的女儿一起生活。这一年，母亲70岁，我30岁。母亲原本只有1.5米的身高，被岁月又缩减了几厘米，看起来更加瘦小，但面容仍然光洁，不见沧桑的痕迹，头发亦未全白，不多的黑发倔强地生长着。

我们借了一辆车回去接她。她早把她居住了几十年的老屋收拾妥当，整理好了自己的行李。那些行李中，除了衣物，还有两袋面，是她用家里的麦子专门为我们磨的。但那天，那两袋面我决定不带了，因为车的后备箱太小，而我们要带的东西太多。

母亲却坚持把面带上：“一定要带。”看着她，我突然明白了什么，示意先生把面搬到里屋，我伸手在外面试探着去摸。果然，在底部软软的面里，有一小团硬硬的东西。如果我没猜错，里面是母亲要给我们的钱。把钱放在粮食里送给孩子，是母亲很多年的秘密。

几年前，我刚刚结婚，在城里租了很小的房子住，正是生活最拮据的时候。就是那一年冬天，有一天，老家有人来城里办事，母亲托人捎来半袋小米。来人走后，先生将小米倒入米桶时，发现里面藏着 500 元钱。里面还有一个小纸条，是父亲的笔迹，上面写着：给梅买个衣柜。那些年，母亲就是一次次把她节省下来的钱放在粮食里，让人带给我，带给大姐和二姐。在我们都出嫁多年后，还贴补我们的生活。

热闹起来的人生

母亲住下来后，每天早上早早起来做早饭，小米粥、小包子、鸡蛋饼……天天变着花样。中午下班我们也不用急急赶回来买菜，所有的家务母亲全部包揽。有一天母亲对先生说：“星期天你喊你那些同学回家来吃饭吧，我都来了大半个月了，没见他们来玩呢。还有梅，你那时候有那么多玩伴，怎么都不见她们？”

我说：“妈，我们都经常在外面聚呢。”

母亲摇头：“外面哪有家里好，来家里才显得亲。”然后态度坚决地让先生周末把同学带到家里来聚一聚。我们拗不过她，答应了。

周末下午，先生的同学陆续到来，母亲把做好的饭菜一一端出，几个各自事业有成、几乎天天在饭店应酬的男人，立刻被几盘小菜和几样面食小点吸引住了。其中一个忍不住伸手拈起一个菜饺，喃喃地说：“小时候最爱吃母亲做的菜饺，很多年没吃过了。”母亲便把整盘菜饺端到他面前说：“喜欢就多吃，以后常来家里吃，我给你们做。”那个男人点着头，咬了一口母亲精心制作的菜饺，眼圈忽然就红了，记起他已经去世多年的母亲，记起他已经很多年没回家乡了。

那天晚上，大家酒喝得少，饭却吃得足，话也说得多。很少聊起的家事被慢慢聊起来，说到家乡，说到父母……竟是久违的亲近。

自那以后，在母亲的邀请下，先生的同学就经常过来，偶尔还带着家人。慢慢地，还有我的同学、朋友和我们的同事，也都被母亲邀请过来，吃着家常菜，说些家常话。

母亲来了有 3 个月，一个周末的下午，有人敲门，打开门，看到是住在对面的女人，端着一盆洗干净的大樱桃。女人不好意思地说：“送给大妈尝尝。”我诧异不已，当初搬过来时，因为装修走线的问题，和她家闹了点矛盾。原本就不熟络，这样一来，关系便冷下来，住了三年多，没有任何往来。冷不丁她来送刚刚上市的新鲜樱桃，我竟不知该说什么好。她的脸就那样红着，有点语无伦次：“大妈做的麻花，孩子可爱吃呢……”

我才恍然明白过来，是母亲。母亲并不知道我们有点过节，其实即使知道了，她还是会那么做。所以她先敲了人家的门，给人家送麻花，送自己包的粽子，还送自己种的新鲜小蒜苗……诚恳地帮我们打开了邻居家的门。

后来，母亲竟和那女人成了朋友，她的孩子也经常来我们家，奶奶长奶奶短地跟在母亲身后，犹如一家人一般。小区里住的很多是先生的同事，平常也走动，但只限于过节时象征性地来往。但母亲却成功地将那种来往的方式改变了，她常常在小区的花园和先生同事的父母帮他们照顾孩子。物质的往来，也仅限于一点自制的点心，像在农村时那样。有一次，先生一个同事的孩子患了白血病，母亲要我们送些钱过去。这是个来往并不亲密的同事，所以我们只想象征性地表示一下，母亲却坚决不答应，说：“人这辈子谁都可能会碰到难事，你舍得帮人家，等你有事了，人家才会舍得帮你。现在人家遇上了天大的难事，碰上了，能帮的就得帮。”

我们听了母亲的话。

我们发现，母亲就像是过滤器，我们同朋友、同事、邻里的关系，经过母亲这一关，更加亲近纯粹起来。

破例的礼遇

在温煦的日子，我很想带母亲到处走走，她老了，没怎么出过门。可母亲晕车，坐一次车如同生一场大病，因而拒绝出门。那个周末，我决定带她去动物园。她曾说：“我还没有见过大象呢！”

动物园离家不远，几站路的样子。母亲说：“走着去吧。”

我不同意，几站路对一个 70 岁的老人还是太远了，我想了想说：“妈，我骑车带你去。”

母亲笑起来，同意了。我推出车

子,小心地将她抱到前面的横梁上,一只胳膊刚好揽住她。

途中要经过两个路口，其中一个很大很繁华,车水马龙。我小心地骑到路口,是红灯,我轻轻下车,还未站稳,就有警察从人流中穿过来,走到我面前说:“不许带人你不知道吗？还在前面带！”低头便开罚单。

母亲愣了一下，握着我的胳膊要下来,我赶忙扶稳她,跟那个年轻的警察说了声“对不起”，解释说:“我母亲晕车,年纪大了,不能坐车,我想带她去动物园看看……”

警察愣了一下，这才看到我带的是一个老人。还没等警察说什么,母亲责备我说:“你怎么不告诉我城里骑车不让带人啊?”然后坚持要下来。

我正不知所措，那个警察伸手一把搀住了母亲，说:“大妈，对不起,是我没有看清楚,城里只是不让骑车带孩子,您坐好。”然后他忽然抬起手,向我认认真真敬了个礼。接着，他转身让前面的人给我腾出一个空间,打着手势,阻止了四面车辆的前行,招手示意让我走。

我带着母亲，缓缓地穿过那个宽阔的路口,四面的车辆静止,行人停步，只有我带着母亲在众人的目光里骄傲地前行。

那是我有生以来第一次受到这样的礼遇。

这礼遇,是母亲带给我的。

壮观的送别

母亲是在跟着我到了第三年时查出肺癌的。结果出来以后,有个做医生的朋友诚恳地对我说:“如果为老太太好,不要做手术了,听天命尽人事吧。”

和先生商议过后，我们决定听从医生的安排,把母亲带回了家。又决定不向母亲隐瞒,对她讲了实情。

母亲很平静地听我们说完,点头说:“这就对了。”然后,母亲提出要回老家。

母亲在世的最后一段时间,我陪在她身边。药物只是用来止疼,抵挡不了病魔的肆虐。母亲的身体很快就不行了。天气好的时候,我会抱她出来,小心放在躺椅上,陪着她晒晒太阳。她渐渐吃不下饭了,喝口水都会吐出来，却从来没有流露过任何痛苦的神情，那很少的黑发依旧倔强地蓬勃着，面容消瘦却光洁，只要醒着，脸上便是微微的笑容。

那天，母亲对我说："你爹他想我了。"

"妈，可是我舍不得。"我握着她的手，想握牢却又不敢用力，只能轻轻地握。

"梅，这一次你得舍得。"她笑起来，轻轻将手抽回，拍着我的手。

母亲走的那天，送葬的队伍浩浩荡荡，从村头排到村尾，除了亲戚，还有我们兄弟姐妹和各自的伴侣及各自的同学、朋友、同事，当中包括我们小区前后左右的邻居们……很多很多人，大人、孩子，全都到齐了，是农村罕见的大场面。

队伍缓缓行进，出了村去坟地，依稀听见围观的路人中有人低声议论："这家的孩子肯定在外头当官……"

母亲这一生，育有一子三女，都是最普通的老百姓，不官不商，母亲本人更是平凡如草芥，没有读过书，没有见过大世面。她只是有一颗舍得爱人的心。她用这颗心，给我们建立了一个温暖的生活圈，在这个圈子里，人人都因为她而知道我们，对我们好。而她人生最后的盛大场面，便是用她一生的舍得之心无意为自己赢得的。他们都说，她的一生就是散发热量的一生，她虽长得小，但她如春蚕，有吐不尽的丝，给不完的温暖。

深山里的『马蒂斯』

谢凯

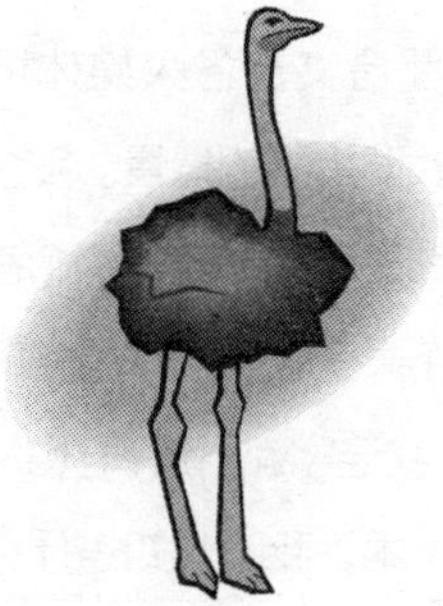

在福建省漳州市华安县新圩镇绵治村，76岁的邹合文成了远近皆知的"名人"。他在闲暇时用从山上捡来的茶树枝雕刻而成的木偶，经媒体"曝光"后迅速走红。有网民称他为"天然的艺术家"，有策展人邀请他参加各种艺术展览，还有记者专门给他拍摄个人纪录片……对此，一辈子生活在深山里、靠绑扫帚为生的邹合文颇不习惯。他说："我只是按自己的想法雕一些小玩意儿，哄哄爱哭闹的曾孙，实在没有想到其他人还这么喜欢。"

做木偶始为哄孩子

虽然邹合文雕刻木偶是从三四年前开始的，但在孙子邹志铭眼里，爷爷很早就开始搞"艺术创作"了。邹志铭回忆，爷爷以前就爱种些花花草草，很爱给它们修剪姿态，经常剪出一些大象、孔雀等动物造型。不过，邹志铭的奶奶认为邹合文不务正业，浪费时间，就把这些花草全拔掉了。后来，邹合文又从山上捡来一些小石头，把它们粘成各种各样的小动物。不过，这些"艺术作品"又被老伴以相同的理由扔掉了。

直到有了曾孙后，邹合文的"艺术创作"才终于被老伴认可。有一次，邹合文见曾孙哭闹不止，怎么哄也哄不住，于是他突发奇想：给小家伙做一个小木偶，兴许他就不哭了。

他从门外捡来一截木头，用砍柴刀几下就砍出一个小狗模样的木偶。说来也奇怪，小家伙见到木偶真的不哭了。

“从那个时候起，我就觉得做木偶有意思，只要小家伙一哭闹，老伴就催我做个新的让他玩。”邹合文指着身后墙上用木板搭的简易“展架”说，“总共做了100多个了，除了曾孙玩，还有一些送给邻居和亲戚的小孩子，现在还剩四五十个。”仔细看这些木偶，有鸟、猫、猪、牛、人物等造型，虽然刻得并不逼真，但是一眼就能辨认出来。在刻好基本造型后，邹合文还给它们上了一层艳丽的底色，然后再点缀上花草纹，用色既大胆又充满想象。

中国美协会员、著名画家黄文佑在看了邹合文的木偶作品后，连声称赞。他说：“这些小木偶造型生动，配色不拘一格，颇有野兽派创始人马蒂斯的风格。”

不懂什么是艺术

去年年底，邹志铭把爷爷雕刻的木偶推荐到上海设计艺术展，没想到一炮走红。2014年6月，在厦门举办的“锤子与庄子”综合艺术展上，邹合文的木偶再次大受欢迎。据策展人陈福荣介绍，他之所以策划这次艺术展，起因就是两年前在深山里看到了邹合文的木雕，惊叹于这位山中老人竟有如此丰富的想象力和创造力，于是萌生了为邹合文这样的民间艺术家做展览的冲动。

对于展览现场的盛况，邹合文一边抽着自己卷的纸烟，一边滔滔不绝地讲，为了佐证自己讲的话，他还拿出展会现场的照片。其中一张照片是邹合文被各大媒体记者的“长枪短炮”包围的情景。邹合文指着照片说：“这些记者一个个都问我什么创作灵感啊、艺术风格啊之类的问题，我连字都不认识，也从来没有学过美术，我哪儿知道什么是灵感、什么是艺术啊？我是平时看到什么就刻什么。他们提的问题，我一个都回答不出来。”

邹合文说，在展会现场，那些城市里的小孩子围在他的木偶前，个个吵着要爸爸妈妈买。对此，他有些不理解地说：“这些城市里的小孩子，有玩不完的玩具，什么机器猫、奥特曼、变形金刚，要是我的曾孙也有这些玩具玩，他可能就不会喜欢玩我做的木偶了。”

不被理解的孤独

邹合文还是一个很爱炫耀的人，在他刻了很多木偶后，他怕村里人不知道，还特意拿了一些摆在村口孙女开的理发店里，因为“那里进出的人多，容易被看到”。

不过，结果让邹合文感到有些沮丧，因为乡亲们并不懂他。邹合文说：“他们觉得我的木偶不好看，还笑我一天吃饱了没事干，刻这些木偶有什么用。”村里以前也有一个刻木偶的人，名叫鸿年，他刻的木偶还得过奖，不过已经去世了。于是，村里不少人就带着嘲笑的语气对邹合文说：“阿文啊，鸿年死了，你还要像他一样刻木偶吗？”每当听到这样的话，邹合文就用“不管别人怎么说，我自己不介意就行”来安慰自己。

事实上，不要说乡亲们不理解，最初连自己的老伴和儿媳妇也挺反感他刻木偶。在邹合文生活的乡村，有做替身（替代死人的纸偶）的习俗，而邹合文刻的木偶人和替身很像，这引起老伴的反感。“我女人经常骂我，说：‘你这老头，一天净做些看了让人讨厌的东西，你再做木偶我就全给你扔出去。’”邹合文说。他本来很喜欢刻木偶人，不过因为老伴的强烈反对，现在已经不做了，改为专做木偶动物了。不过，有些动物邹合文不能刻，比如蛇和老虎，因为儿媳妇看了感到害怕。“我就刻小鸟吧，不然还能刻什么？”邹合文深吸一口烟，带着无奈的语气说。

好在学美术专业的孙子邹志铭懂爷爷，每次回家，他都要先看看爷爷新刻的木偶。每次孙子回来，邹合文都很高兴，说到木偶的时候话也特别多。孙子不在的时候，邹合文打发时间的方式就是独自一人刻着他的那些木疙瘩。他说：“我以前有事没事都爱去找人聊天，有时候话讲不好遭人嫌，现在刻木偶挺好，动手动脑，不找人聊天也不会无聊，日子就这样一天天过去了。”

礼在上海

程乃珊

上海人待客，热情周到。自己平时再节俭，待客却一点儿也不肯马虎。这份南方人少有的豪爽，就叫“海派”。

只要日子过得去，上海人总要储备一些待客的糖果和点心。记得小时候，父母时常会买斤把什锦糖回来，先将那些包有漂亮玻璃纸、锡纸的拣出来，余下的就“赐”给我和哥哥。那拣出来的，就是为了“装盆子”，以备待客的不时之需。所谓“装盆子”，是一种礼待，糖果、瓜子之类直接放在桌面上是不礼貌的，也显得很不卫生。上海人家怎么着都会有几只高脚玻璃果盘以备待客之用。

老上海人不大会如今日上海人那样开口就问对方待遇如何？工钿多少？奖金多少……老上海人还是比较含蓄的，但八卦心理、对他人隐私有兴趣的毛病总是有的。于是，做客时看人家待客盆子的内容，多少可从中估摸一二，满足一下好奇心。因为旧时电话不普及，串门大多没有预约，临时“突然袭击”的，这样摸到的情况就十分真实了。

“唷，罗师母的先生大概蛮赚得动的。那日临时去她屋里厢，照样端出两只盆子，一只糖果，一只鸭肫肝，一甜一咸。那点糖果考究来，全部是伟多利的货色……”

“我看现在黄家日脚也不如从

前，紧多了。上礼拜去看黄师母，端出的一盆糖，糖纸剥也剥不开，也不晓得放了多少辰光了……”

正因为如此，上海人特别讲究待客之道。当然除了面子之外，也与上海人的海派天性、追求生活质量有关。

老上海人，家里来了客人，如果没有点心招待，会心里懊恼好一阵子，哪怕临时卧两只糖水蒲蛋端出来，要么去弄堂口点心摊叫几碗小馄饨或几笼小笼包子也好啊。

上海人家的待客之道是很考验当家人持家水平的。一般平实人家，桂花飘香时，会自制桂花糖，封好待日后在赤豆汤、糖芋艿里调味用。过冬的年糕切好片，晒成年糕干，百合也剥好晒成百合干，柠檬上市时切成片用糖水渍好封好。如是，一年四季都可以有炒年糕、百合汤和柠檬红茶作待客之用。

人说“主雅客来勤”。家里有一位能干的主妇，宾客总是走动得会多一点。能干的上海主妇凭借着房门口一只煤球炉，照样可以烧出一桌合乎规格的四冷盘、八热炒的酒席。

家宴之外，留饭也是老上海人家普遍的待客之道。吃饭时间让客人空着肚子离开是让主人十分不安的，所以一定要留饭。说是便饭，北方人叫“蹭饭”或“啜一”，上海人则称为“留饭”“便饭”。前者带点被动，有点死皮赖脸，而“留饭”则是十分主动，有邀请、款待的盛情。确实，留饭是构成海派之礼的基本内容，也是一种最轻松悠闲的百姓社交。

说是便饭，其实留的饭起码有四菜一汤：临时炒只蛋，蒸点腊肉香肠，或去弄堂口熟食店斩一碟叉烧或酱鸭，再打点老酒，还是蛮像样的。

“小菜没啥，饭要吃饱！”这是老上海人劝客的常用词。

上海人的海派表现，许多人仅理解为洋腔洋调。其实，上海人十分豪爽坦诚，特别在待客上，那是一种如泥土般温暖的土气。

主人，特别是主人家的老人，会频频往客人碗里夹菜，完了还要故意连菜往饭里戳几下，意为“菜已到你碗里，可要全部吃光”。真正老上海人的饭桌上，全然没有那种拿腔拿调的餐桌礼仪，只是满桌的盛情和好客之风。

上海人留饭，主要在一份情，而不在菜肴的多少。

俗话说：“天雨留客。”如吃饭时外面突降滂沱大雨或突发意外情况，那此时更要苦留客人，哪怕临时炒一碗蛋炒饭，泡一碗紫菜虾米汤，或者简单做一碗菜汤面。此时，客人也不虚礼了，留下来吃饱肚子，待雨过天晴，告辞谢退。主客双方交情，就此又深了一层。

今天，上海人的厨房比以往的亭子间小不了多少，设施一应俱全。但是，少了那些挂在窗棂上的火腿、咸肉、风鸡，少了那份油腥味，我们的厨房就显得太干净、太科学，如实验室般少了人间的烟火味。

现今的新生代上海人三餐大都在外面解决，留饭都留到餐馆去了。如是，将那份欢乐人气都留在家门外了。就是雨天留客，也只好用方便面、速熟食品来当便饭。但我们忘记了，在厨房忙碌着为友人准备一顿便饭，原是生活情趣的一部分。最令人开心而回味无穷的饭局，往往不是酒店里的宴席，而是那个雪夜，友人家一餐临时凑成的便饭。

坐席

王永光

20 世纪 70 年代的乡下还很穷，孩子们吃粗粮，啃咸菜，没有大白兔奶糖，没有生日蛋糕，零食更是少见。但也有“奢侈”的时候，那便是“坐席”的时候。

那时的我是个馋孩子，常常像个小尾巴似的跟在奶奶身后去“坐席”。所谓“坐席”，用现在的话来说就是去赴宴会。那时乡下的宴会无非是谁家娶媳妇、小孩子过生日时的招待宴。主家的亲戚们提一篮子鸡蛋或扯上一块棉花布当作礼物就高高兴兴地去“坐席”了。那时候，孩子们中间要是听说谁去“坐席”了，就会羡慕得不行。

那时候，乡下的“席”虽然不像传说中的“满汉全席”那么排场隆重，但也称得上丰盛。关键是这“席”是有讲究的，不像平时走亲戚吃一顿饭那么简单，它有好几道程序。

首先摆上桌的是点心和水果，至少要有 6 种才行，最多会有 12 种，讲究“三干三鲜”“四干四鲜”“六干六鲜”，都是图个吉利数。干的有花生、核桃、瓜子、枣、栗子及各种点心，鲜的有苹果、香蕉、桃子、橘子、葡萄等时令水果(最忌讳梨)。这些东西一般都被孩子、老太太、妇女们吃了，男人们一般都等着后面的“重戏”。

这些撤下去之后，上来的便是用来喝酒的菜了，一般也会是 6 碟、

8碟、10碟，最多12碟，有荤有素，一般荤菜不会少于3个，以示主家的盛情。赶上主家家底殷实，什么肘子、肝、鸡之类就会多一些，这叫“硬荤”。另外还有“软荤”，就是肉炒青椒、肉炒蒜薹、肉炒蘑菇、肉炒芹菜之类。如果主家的条件好，“硬荤”就多；如果主家的条件一般，“软荤”就会多一些。这一桌主要是男人们用来喝酒的，觥筹交错，举杯换盏，好不热闹。那时候，乡下还没有啤酒和红酒，女人们都是喝那种像橘子水一样的葡萄酒，要么就喝茶水。这一轮吃的时间最长，也最热闹，最有气氛。如果赶上主家有个中年妇女陪酒，那这酒便喝得更有一点“娱乐性”了，逗乐玩笑，不亦乐乎！

人们酒酣耳热之后，撤下这一桌去，上来的就是“扣碗”了，又称“家常菜”“农家席”。这里所说的“扣碗”，不是一道菜，而是一桌蒸碗。据说从宋代开始，武邑农村就有了用扣碗设宴的习俗，方言称之为“席儿”。扣碗分肥方、肥片、五花、纯瘦、排骨、鱼肉、鸡肉、海带等。扣碗制作过程分为煮、熏、改刀、蒸、加汤等，再配以时鲜蔬菜，组成8个或10个碗席，有肥有瘦，有荤有素，肥而不腻，素而可口。

康熙三十九年（1700年），康熙皇帝路过此地，偶然尝之，连声叫绝，赐名“武邑十大碗”，并钦定为宫廷膳食之一。

那时候每村都有专做扣碗的师傅，通常办喜事的主家事先跟师傅打好招呼，提前两天便请师傅到家里来准备。

传统扣碗由8个“净碗”组成，讲究“四红四白”，就是4个白肉片碗，4个红肉（熏肉）片碗。为什么叫“净碗”呢，就是每个碗里的肉片数是一定的：一桌坐几个人，碗里就有几片肉（通常是8人一席），每人一片。要是谁多吃一片是不礼貌的，会被人笑话。

这一桌吃毕还不算完事儿，最后还要上饺子。饺子当然只是象征性地每人一碗，不过七八个左右，因为人们已经吃得差不多了。但这个程序是不能少的，因为不吃饺子不算“坐席”，吃了饺子就算席坐好了。

客人们酒足饭饱之后，满意地

给主家留下最吉祥的祝福话就“打道回府”了。一般这个时候就到下午两三点了。待走回家去，路远的就快要天黑了。

这就是“坐席”。虽然只是去吃一顿饭，却有浓浓的乡情在里面。

在查古村过藏历新年

马丽华

查古村离拉萨市区不算远，直线距离不过六七公里，但隔了一条拉萨河，若从城东南的拉萨大桥绕道而行，却足有20公里的行程。那一年，查古村热热闹闹的春耕仪式吸引了我们，此后大半年的时间里，我们多次往返于这条山道，拍下了一年四季田野上举行的古老的仪式。那部电视纪录片的片名为《查古村的日子》，同时我还把它写进了《灵魂像风》的第一章《查古村的岁时祭祀》。虽然我们眼见有关土地崇拜的一系列传统庆典在当代社会中流变和消逝，但仍被淳朴温馨的乡村生活深深地感动着。8年过去了，我终于再次走向这个小山村，去和这个村庄的新朋旧友们一道欢度西藏乡村最盛大的节日——藏历铁龙年新年。

藏历12月29日晚间的“驱鬼”仪式，为藏历新年拉开了序幕。雪域高原有关天、地、水三界神灵以及鬼蜮的信仰与禁忌由来已久，远远早于藏传佛教的历史，几乎与人类的精神生活一样古老，并且绵延不绝地流传至今，虽然在今天只有象征的意义了。所以，“驱鬼”仪式一点儿也不恐怖，相反地却充满了游戏意味和欢快气氛。晚饭前，家家户户就用麦秸绑成“十”字形，置于盆、筐、纸箱等容器上，里面放着烧焦成炭的牛粪，那也许就是“鬼”的象征吧。在房东次丹多吉家，全家每人手持糌粑团，依次在额头、衣襟各处碰一碰，擦一擦，然后扔进容器中，象征着除去旧岁的晦气、疾病等不吉利和不洁的东西。主人次丹多吉走进牛圈，照样在牛身上搓上一搓。据说，这样做可以使家畜在新的一年里不会生病。

主人的姐姐尼尼舀来一勺刚刚煮好的面汤——古突，说是喂饱了“鬼”好使它上路。然后由全家人护送到路口，点燃十字草把。附近的3户人家也加入了送鬼的行列。

火堆燃烧起来了，鞭炮鸣放起来了。大家依次跃过火堆，这同样是一种祛除不洁的净身洗礼。

当火光熄灭时，送鬼仪式就算结束了。不过在返家的路上不能回头，以免把刚送走的“鬼”重新引回家里来。

此时，夜幕已经降临。全家围坐在厨房里喝“古突”，这可是一个喜气洋洋的场面。掌勺的女主人加洛为大家盛上“古突”。“古突”是添加了肉块、奶渣、萝卜等9种食物的面疙瘩汤。有意思的是，其中大一些的面团里事先包裹了酥油、羊毛、木棍、黑炭、辣椒、石头等物，以碗中不同的物品来暗示食之者或性格好，或心肠黑；若羊毛绳的方向是向里拧的，说明会敛财聚富，反之则是个败家子。因此，餐桌上不时发出戏谑的哄笑声。不过也未必准确，我的面团里是几粒做过酒的青稞粒，大家齐声说我是“酒鬼”，可我哪里会喝酒呢！

在外地工作的查古村人也都赶回来过年了。我们的房东家一下子增添了好几口人，他们是主人次丹多吉的弟弟，在柳梧乡任副乡长的土登、主人在拉萨打工的18岁的儿子丹增朗赛，以及他姐姐尼尼的在堆龙德庆县城工作的二儿子次丹贡觉，还有主人13岁的外甥女德曲（本是在拉萨上学的小学生，也图新鲜到乡下过年来了）。

大年三十是准备新年的最后一天，查古村家家赶制切玛——五谷斗，要做酥油花，要做供奉神佛的供品“多玛”，要摆上羊头、青稞苗，还要在厨房的墙壁上画满八宝吉祥图案。这一切都是对于新的一年里五谷丰登、六畜兴旺的祈愿与祝福，反映了农业社会从古至今的理想。

大年三十的晚上，全家人围坐在客厅里看电视，这可是查古村的新气象。查古村虽然距离拉萨很近，但由于山岭的阻隔，查古村人一直看不上电视。村里的年轻人只好每晚步行几公里，去拉萨河边的柳梧乡政府看藏语译制片《西游记》。直到半年前，拉萨市政府才在村里建起了转播设备，不过只能收看一个西藏电视台的藏语频道。最近，正在播放藏语译制片《封神演义》，村里人都熟悉了“姜子牙”这个历史传说人物。

藏历新年这一天的日程有很多。首先是凌晨4点钟就喝一种用青稞酒和奶渣熬制的粥，名叫“光典”；当启明星升起在东方山顶时，全村的人都要出门打水。据说谁先抢到第一桶水，谁的桶中将盛满象征着吉祥的“央”；当阳光普照大地的时候，再喝一种加了干牛肉的青稞麦片粥，名叫“朱杜”。接下来，女主人会端来五谷斗，让我们先敬“切玛”。

初一早晨，所有的人都穿上了节日盛装。尼尼的大儿子索朗平时穿汉装，一换上新藏装，他家的狗居然不认识自己的主人了，冲着他狂吠不止。

尼尼家还有一个小插曲：家中出走了20多天的鸽子在新年的清晨飞回来了。尼尼家原来喂养着两只鸽子，在一个月黑风高之夜，一只猫头鹰袭击了它们，吃掉了一只。失去了伴侣的另一只鸽子飞离了这个伤心之地，现在终于回来了，虽然形单影只。

早饭后，亲友邻居间的相互拜年活动掀起了节日的一个小高潮。身为副乡长的土登身穿藏装，头戴金花帽，带领着哥哥次丹多吉和姐姐尼尼两家的年轻人，手捧切玛，提着酒壶，挨家挨户拜年。每到一家，先敬切玛，高声祝福“扎西德勒”。然后接过主人递来的青稞酒，按照规矩3口喝一杯。大家围坐在一起，饮酒、喝茶，互祝吉祥。然后，这一家的主人也端上切玛，提上酒壶，加入拜年的队伍，走向另一家。所以，拜年的队伍就像滚雪球一样越走越大。最后，大家欢聚在老人次仁平措家，唱歌跳舞，喝酒聊天。就是在这里，我们几位外来的客人都被灌醉了。

次仁平措想起了8年前我们来拍过他们春耕仪式上的歌舞，很感慨地说：“许多当年的老友都不在人世了，像尊珠旺姆、波旺堆，还有索朗多吉。”我问他：“那么春耕仪式上的歌舞还能继续吗？”他说：“我已经教会了儿子拉巴次仁，一些年轻人可以继承这一传统了。”

藏历新年初二这一天，一年一度的更换经幡仪式掀起了节日的又一个高潮。在灿烂的阳光下，家家户户点燃了房顶上的桑炉，在袅袅升起的桑烟中，把早已准备好的经幡扛上房顶，换下褪了色的旧经幡。鲜艳夺目的五色经幡摇曳在蓝天白云下，完成了新年弃旧图新、辞旧迎新的最后一个项目。那经幡的5种颜色，自上而下依次象征着蓝天、白云、红火、绿水和黄土。那是人类生存环境的基本要素，是乡村生活从古至今最为亲近的自然风物。正是在大自然的庇护下，在年复一年的节日庆典里，在与自然的交流对话中，乡村的日子才显得源远流长，百姓的生活才稳定而安详。

次丹多吉的房顶上，电视天线与五色经幡并立在一起，既展示着传统，也体现着现代。俯瞰全村，我发现不过几年的时间里，查古村家家都盖起了新房。次丹多吉的家扩建了，尼尼家有了新居，查古村明显地富裕起来了。询问其故，大家说，是因为多种经营搞活了经济。例如次丹多吉家，除种植了 21 亩地的青稞和小麦外，还种了 200 棵柳树和杨树，现在已经受益；60 棵桃树，上一年就收入了 3000 元；土豆每年可以卖 2000 元；一辆小四轮拖拉机搞运输，一年可收入 5000 元。尤其是发展了养殖业，家中喂养了 3 头猪、18 只鸡，还有 29 只绵羊，60 多只山羊；除了黄牛和犏牛，最近的 4 年里第一次喂养了 25 头牦牛，以前的酥油和肉类全靠购买和用农产品去交换，现在自给有余。次丹多吉曾经卖过 7 头牦牛，按每头平均 1500 元计算，已有上万元收入。大家说，发展农区畜牧业是一条致富之路。

8 年前，我曾描述过查古村的年轻人向往城市的一面，现在这一现象仍然存在，是因为有了选择的可能性。但另一方面，仍然有大量热爱并安心农牧业的年轻人。次丹多吉的大儿子丹增朗赛初中毕业后，到拉萨做工去了；14 岁的二儿子丹增洛桑虽然正在上学，但从小就表现出热爱农活、热爱家畜的天性，看来是次丹多吉的继承人无疑；尼尼的三儿子丹琼小学毕业没有考上内地的西藏中学，就放弃了学业，专门负责两家的放牛工作。他平时沉默寡言，但那双眼睛是专与牦牛对话的。年三十那天，他翻越了 3 座大山，到达孜县境内寻找自家走失了 4 个多月的牦牛。但是当地人告诉他说，那头牛已成了“游击队员”：白天藏在深山里，夜晚下山偷吃麦苗。丹琼空手而归。初二那天下午，舅舅次丹多吉陪他搭上我们的车，再到达孜县找牛。两天后有消息传到拉萨，说那头牛已找到并被赶回了家。这也算是查古村藏历新年的一个小插曲吧。

从前，我对于藏历新年的繁琐程序和其象征意义早已耳熟能详，只有这一次，是作为乡村的一员参与其中，倍感亲切地在节日的大舞台上走了一个过场，既是观众，也是演员；既是欣赏者，也是体验者。

儿是娘的南瓜叶

吴平

自小我就和娘有一个共同的喜好，那就是爱吃南瓜叶。

很多年前，同村的人不吃南瓜叶，家家户户种得都不多，即使种了，一般都是用来喂猪或者是养鹅。

娘却和大多数人不一样。娘在

村子后头的地里种了很多的南瓜秧子，每年初夏一到，一眼望去，一地的深绿。长长的叶茎拽着嫩嫩的瓜叶舒展地张开着，一层薄薄的茸毛长在宽阔的叶子上，像是抹了一层浅浅的粉霜。为了能吃上新鲜的南瓜叶，娘总是每天天刚亮就出门，直奔村后头的地里，半个小时不到，一篓新鲜的南瓜叶就堆在了老屋的门口。我问娘："为啥那么早去掐南瓜叶呢？多睡一会儿多好。"娘笑着说："傻娃，早起去掐的南瓜叶，吃起来更鲜嫩啊！"

那个时候，我常常依偎在娘的怀里看娘拣南瓜叶。娘拣着拣着，突然就抓住我的小手臂，笑着说："我娃的手臂就像南瓜叶一样，有茸茸的毛呢。"我抬起手，看看自己的手臂，再看看脚下的南瓜叶子，最后看看娘。娘就把脸轻轻地贴在我的脸上，开心地说："我娃就是娘的南瓜叶啊！"

多年后，随着人们的观念和口味的改变，南瓜叶逐渐走上了餐桌，成了一道全民的美味。就连我那小小的女儿，竟然也嚷嚷着要吃南瓜叶。

前几日，因为买车的事情，我和娘在电话里争执了起来，娘说："你上班也不远，离我们又很近，现在搭出租车也方便，买那车子干吗呢？你做事毛毛糙糙的，开车子我不放心啊！"

娘不只是自己反对我买车，还把听了她一辈子话的爹拉到电话边，帮她一起说服我，让我打消买车的念头。

和娘说不通，我愤愤地挂了电话，一连几日没有和她联系，也没有回去看他们。

昨天，爹打来电话说："你回来一趟啊，你娘摘了不少南瓜叶，嫩着呢。"女儿在一旁听到了，馋虫似的立马爬了起来，高兴得直跳。望着窗外一片初夏的葱绿，我突然想到，我们今年还真的没有吃过南瓜叶呢。

想了想，我还是决定回去一趟。

到了家，娘坐在客厅里，见我进了门，望了望我，笑了笑，没有起身。

因为几天前关于买车的那个电话，我依然对娘耿耿于怀。我没有和娘说话，接过爹递过来的环保袋转身就出了门。

刚走到门口把袋子放到电瓶车上，我听见娘在屋里喊了爹一声，随后爹就追了出来。他望了一眼我脚下的袋子，慌忙说："南瓜叶放在脚下不行，会撒一路的。"我低头看了看，说："拉链拉好着呢。"

爹没有说话，帮我把袋子放到了电瓶车的后备箱里，锁好。说："你娘讲了，回去后南瓜叶子就别放冰箱了，你中午就烧给虎妞吃。"我点了点头。

刚刚到家，就接到爹的电话。他问："你到家了？"我说："刚到。"他又说："你娘说你和虎妞都喜欢吃南瓜叶，这几天她天天去地里看，昨天回来时她说地里的南瓜叶子可以吃了。这不，今天天刚亮她就去了地里，回来的路上还把脚崴了。你到家的时候，她站不起来只能坐着，脚肿得老高。"

我顿时愣住了，立刻回想起刚到家时娘坐在椅子上，望着我笑的情景。

爹又说："我和你娘的积蓄不多，昨天下午你娘让我陪她去银行取了两万块钱，算是赞助你买车。你娘担心你还在生她的气，怕直接给你钱你不肯要，就让我用报纸包了放在装南瓜叶的环保袋里，你注意收好。"

挂了电话，我赶忙打开了环保袋。在一堆绿茸茸的南瓜叶中间，我找到了那个报纸包。打开一看，里面整整齐齐地放着两沓钱。旁边还有一张信纸，做了30年农村教师的爹在上面写了7个字：儿是娘的南瓜叶。

看着爹写的字，我闻到了一股浓郁的香，那是南瓜叶的香味。我仿佛又回到了儿时，又回到了娘的怀里。

我的眼泪就被这香熏了出来。

父亲的蜂，我的蜜

李辉

一

父亲站在屋后洒满阳光的山坡上，一个多月后，那里将鲜花盛开。

父亲说：“我得为蜂箱选个合适的位置，向阳，背风，花草树木要多。以后这儿就是蜜蜂的家了。”

父亲开始修整那片山坡，然后，把蜂箱从院子里扛到山坡上。5个蜂箱，来回10趟，一个小时。

其实我是不愿意父亲养蜂的，我知道被蜂蜇一下有多疼。

可是，自从去年秋天我考上高中，父亲就开始琢磨养蜂了。他说，花销大了，不能光靠种粮食。父亲还说，蜂的种类有很多，蜜蜂蜇人是最不疼的。

二

父亲说：“现在正是蜜蜂长大长壮的时候。再过两个月，蜜蜂就要开始干活了。这段时间，要让蜜蜂吃好养好。”

就像母亲说的：“你们这些斗大小子，还没到能上山下地干活的年龄，正长身体，营养不能少。”

我觉得我像是早春的蜜蜂。

父亲买回白糖，加水熬成糖浆，一桶桶提上山坡。这是蜜蜂采蜜前两个月的食物。

“蜜蜂采回的蜜，可比这糖水甜多了。”父亲说。

三

我要离开家去县城上学了。

“等到秋天你再开学，爸就能给你多带点钱，还能给你带点蜂蜜，学习紧张，睡前喝一杯蜂蜜水。”

“今年的花很盛，咱家的蜜蜂已经采到蜜了。”母亲在给我的信中说，“蜜蜂娇贵得很，难伺候，每天要喂水、通风、防雨、打药。我帮不上什么忙，你爸一个人可真够忙的。”

我的功课是数理化；父亲的功课是庄稼、蜜蜂，还有我。

四

我盼望的暑假来了。父亲穿着防蜂服，戴着防蜂帽，在蜂箱之间忙碌着。

我也穿戴着同样的一身，最后还是忍受不了快要湿透后背的汗水，逃回屋子里。

“挨晒总比挨蜇好。就算穿戴再整齐再小心，你爸还不是三两天就被蜇一回？”母亲说。

我知道了，蜜不都是甜的。有些蜜，是咸的；有些蜜，是苦的；还有些蜜，是疼的。

五

收购蜂蜜的商贩来了。通常他们会提前几天通知父亲，但不确定具体哪一天来。

他们总是在早晨来，很早很早，趁着你还没起来就敲门，就是想搞突然袭击，防止养蜂人提前往蜂蜜里兑水。

父亲听了直摇头：“瞎说，蜂蜜里还能兑水？”

商贩收我家蜂蜜的价格比别人家每斤多5角钱。他们说：“你家有学生，要花钱。”

可我总觉得是因为父亲的蜂蜜甜、纯、真。

六

我希望暑假长些再长些。夏天长了，山坡上的花就能开得久些，父亲就不用带着蜜蜂追赶花期了。

我曾经看到过山林边追赶花期的外地养蜂人，也曾听说过养蜂人在向别处转移蜂箱的时候，经常在半路上出事。我担心父亲。

可是，9月就要来了，我要回县城上学。父亲和他的蜜蜂，要赶着花期走。

我走时，书包里装着两大瓶蜂蜜，衣袋里包裹着蜂蜜换来的钱。

晚上，我睡不着。我在想，父亲简易的木棚里，一定钻进了初秋阵阵的凉风。

许久，我终于想到了一个安慰自己入睡的理由：养蜂人的花期，总要比享受蜂蜜的人的花期长。

七

秋风渐渐刮起的时候，我知道父亲终于带着他的蜜蜂和收获的蜂蜜回家了。母亲在信里告诉我，父亲已经在为蜜蜂过冬做准备了。现在蜜蜂的数量多了，父亲要至少买两百斤白糖，作为蜜蜂一冬的食物。母亲还要准备几条厚被子，盖在蜂箱上给它们保暖。

寒假里，我帮父亲往山坡上运白糖。他背一大袋，我背一小袋。

每天晚上临睡前，我拿着手电筒跟父亲巡视蜂箱，把被风吹落的棉被重新盖好，压上砖头。

蜜蜂暖了，父亲心里就暖了。

我希望冬天快点过去。我是冬天里父亲采不回蜜的蜜蜂。

我什么时候才能采回属于我自己的蜜，让父母尝一尝我的甜呢？

一个又一个冬天过去了，我却不再是父亲天天都要回巢的蜜蜂。我去了更远的地方。我去过的地方，父亲和他的蜜蜂，从来不曾抵达。

春暖花儿将开的日子，我又要走了。我走时，父亲正站在山坡上，望着我的方向。那片山坡洒满阳光，不久，那里将鲜花盛开。

迎娶

周西海

女人的表弟媳妇把女人带到刘旺的3间平房屋里，朝刘旺说了声“你俩谈谈吧”，就闪身离开了。

女人在刘旺的斜对面坐着。女人是个心直口快的人，没等刘旺问话就开腔了。女人说她叫大妮，属鸡的，今年40岁了。她老姑家在这庄里，刚才带她来的是她的表弟媳妇。女人说她娘家是东二十里堡的，25岁那年和村上一个年轻人结了婚，去年离了。因为人家做生意有了钱，又在外边寻了个年轻的。女人还说，她结婚十多年里没开过怀，没生一男半女，这也好，少个累赘。女人还说，一脸枯皱纹了，也不拣模样，不嫌穷富，男人只要不在外边唱“花戏”惹她生气，喝口凉水心里也甜。最后，女人一本正经地对刘旺说：“就这些，哪儿不清楚了你尽管问。”

刘旺一脸喜悦地说：“你竹筒里倒豆子，哗啦啦全倒净了，俺还有啥问的哩。反正你也看见了，这3间小平房就是俺的‘江山’。反正俺是‘哈巴狗撵兔子，要跑没跑，要咬没咬’。今年50岁了，属马的，是匹瘦马。爹娘死得早，家里穷，一孔窑洞也塌了，拿了床破被子来到这庙里，给老君爷当‘牛把’来喽。后来香火旺了，村长就让俺在这儿看管庙院，庙后边的两亩半地也给了我。再后来，俺就在这庙门前盖了这座小平房，卖个香火、纸烟、盐醋……反正不缺吃的，也有零花钱。俺是个没‘材料’的人，你放心，不会高声对你说句话。俺年龄比你大一截子，你得好好想想，别跳出个尿坑再跳进个屎坑。”

刘旺和女人又扯唠了一些扁豆扁、豌豆圆的事儿，待到女人的表弟媳妇来接她，两人才分开了。临走，女人的表弟媳妇对刘旺和女人说：“婚姻的事不是买羊，价格合适了牵起来就走人。两口子过日子，是合伙打‘烧饼’，得碱面适中，火候得当。要是合不来，不是把饼做生就是焦煳了。旺哥和大妮姐多接触一下，考虑考虑。”

半辈子没跟女人坐在一起谈婚论嫁的刘旺，让女人把心搅乱了。女人黑黝黝的鸭蛋脸、丰满的胸脯老在刘旺的眼前晃动，女人心直口快的言语总在刘旺的耳边响起。刘旺第一次品尝到和女人谈情说爱的甜美滋味了。刘旺兴奋得睡不着觉了，在构想着要是娶了女人，咋样能让女人过得滋润些、开心些。

第二天吃罢早饭，刘旺竟然寻到女人的表弟媳妇的门上，含笑着说：“俺想趁开春的季节栽树哩，想请你大表姐帮帮俺。”

女人的表弟媳妇自然满口答应。

刘旺把女人带回家里，拿上一根长长的绳子，操上一把铁锨，把女人带到庙院后边他那两亩半的麦田里。女人看着眼前叶肥苗壮的麦苗，怜惜地说：“往这么好的麦田里栽树，不是要损坏不少麦苗吗？”

刘旺“嘿嘿”一笑说：“别心疼几株麦苗，丢掉一粒芝麻，到头来要捞个西瓜哩，值得。”

客随主便。女人不再吱声了，动手就帮刘旺拉扯绳子。刘旺的腿就是尺子，拉开腿脚一步就是 1 米，迈 4 步就让女人号上一个挖坑的印记。末了，他数了数，两亩半地要栽上 100 棵泡桐树呢。

第二天，刘旺就和女人在麦田里动手挖树坑。村上的人见刘旺带着个女人在麦田里挖树坑，一个个看得傻了眼：“啧啧，老刘旺犯迷了，一块好端端的粮食囤，咋在上边挖起坑啦？土里有金子吗？”

刘旺不管人们的议论，带着女

人只管挖。挖了两天，整整挖了100个树坑。

第三天，就开始栽树了。刘旺把事先预购好的泡桐树苗一棵棵分散在坑里，女人栽树，刘旺挑水浇灌。

刘旺和女人又忙活了两天，傍晚的时候完工了。刘旺看着他和女人一块儿栽下的泡桐树，正看一行行，侧望一排排，兴致勃勃地对女人说："让你劳累了四五天，这该咋说哩？"

女人说："啥也甭说，你给俺客气啥哩。"

刘旺说："只顾忙活着栽树，也没坐下来唠唠，您想好了没有？"

女人瞄了刘旺一眼说："有啥想的哩，就看你啦。"

刘旺乐滋滋地一笑，说："嘻嘻！没意见！没意见！说实话，俺这100棵泡桐树就是为迎娶你才栽的。"

女人惊奇地"啊"了一声，两眼发痴地望着刘旺。

这时，刘旺对女人敞开心扉地说："你也没儿，俺也没女，俺还比你大10岁，末了，肯定俺会比你早走一步。这100棵泡桐树可是富贵树、养老树！10年以后，一棵树就是一方木材，按目前的价格一方就是1300元哩，就按1000元一棵计算，你就会无忧无虑地度晚年了。"

女人听了，心里热乎乎的，酸甜交织，激动得禁不住热泪哗哗直淌："旺哥，俺就嫁给你了！就凭你这一颗爱心，俺非你不嫁！"女人说着，头伏在了刘旺的怀里。

刘旺醉了，醉得说不成话了，一个劲地"呃呃"。

奶奶的小脚人生

陈铁锋

奶奶有一双小脚，是真正的“三寸金莲”。

奶奶命运多舛。她虽然生于大富之家，但生活却屡屡与她开着残酷的玩笑。五岁丧母，十岁丧父，奶奶不得不寄人篱下，依附她叔叔过日子。十六岁经媒妁之言，嫁给了爷爷。媒人把爷爷说成了某掌柜的独子，其实爷爷不过是掌柜家的小伙计，奶奶和家人都被骗了。奶奶的叔叔气得要告官，但被奶奶拦住了。她迈着小脚，连夜赶回家里，跪在叔叔面前央求，她说：“木已成舟，不要深究，好日子不是别人给的，而是自己挣来的。”

奶奶毅然跟着爷爷回到了农村的老家，成了一个地地道道的农妇。但土里刨食不能维持生计，况且当时灾荒连连，许多人冻饿而死。奶奶凭着家传的经营本领，开始做起了买卖。但由于本小利薄，也只是小打小闹，艰苦的日子就这样把她大家闺秀的气质一点一点地消磨殆尽了。每天早晨，雄鸡还未报晓，在通往县城的土路上，便出现了奶奶踽踽独行的身影。她挎着包袱，迈着小脚，往前走三步便不由自主地倒退一步。30里的路程，她一天要走一个来回。这对于一个拥有正常脚力的人来说，都是无比艰辛的考验，何况是小脚的奶奶呢？可奶奶就这样几十年如一日地坚持了下来。许多年后，大伯满怀深情地告诉我："要不是你奶奶迈着小脚做买卖，我和你爸爸兄弟姐妹六人早就饿死了。"

奶奶不但没有把一双小脚当成负担，反而因此磨炼出了别人所不能及的坚韧。二叔五岁那年，一场高烧把他的左眼烧坏了，奶奶心急如焚，抱着他四处寻医问药，但毫无效果。奶奶不甘心，带着二叔踏上了开往北京的火车。在北京的大医院里，医生说必须做手术，否则会发炎溃烂。这需要一笔高额的手术费，可愁坏了奶奶。她不知经过了怎样的一番思想斗争，最后迈着小脚像乞丐一样，访遍了北京所有的老亲戚。有的亲戚像躲瘟神一样，见了她把门狠狠地一关；有的则像打发叫花子一样，端出点剩菜剩饭。奶奶本是个面子极薄的人，可当时她声泪俱下，一再相求，甚至长跪不起。最终，她的真情打动了不少人，二叔的手术才得以顺利进行。

为了儿女们，奶奶几乎把一生的心血都耗干了。远在青海工作的大姑结婚不久，姑夫便溘然长逝，留下一对嗷嗷待哺的双胞胎婴儿。奶奶坐了三天火车，又迈着小脚走了50里山路，才赶到大姑家。母女相见，抱头痛哭，哭罢，奶奶安慰大姑安心工作，自己则把两个婴儿从青海带回了家乡，并把他们抚养成人。

如今，奶奶已过世多年，但我的脑海里时常浮现出她那柔弱而坚强的身影。也许，奶奶和所有爱美的女子一样，一直都在追求着美丽。也许，她曾经为有一双尖如春笋的脚而自豪过，但这一切都如春日晴空上的一片云，转眼即逝。更多的时候，她都在用这双小脚走着平凡而又曲折的道路，都在为子女、为生活默默地付出。这样的人生，又何尝不是一种美丽！

麦客

李德霞

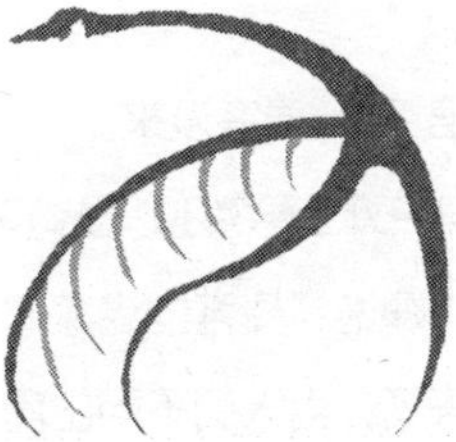

一大早，爷爷就拎了一把镰刀出了门。爷爷再进门时，就领来一个麦客。

麦客是揽工割麦的。母亲做好了早饭，一看爷爷身边的麦客，惊讶地“咦”了一声，皱着眉头对爷爷说：“爹，咋是个孩子啊？”

爷爷晃了晃手里的镰刀，“嘿嘿”一笑说：“别看他人小，本事可不小。刚才我领他到麦地里溜了一圈，试试他割麦的本领，一点不孬。”

父亲和母亲都是割麦的好手。以前，我家从不雇麦客。可是今年不同，麦子黄了的时候，一向身强体壮的父亲病倒了，腰痛得站不起来。小叔先是领着父亲去了县医院，查不出结果，又去了省医院。爷爷老了，割不动麦子；小婶教书，脱不开身。两家的麦子有 40 多亩，靠母亲一个人是无论如何也割不完的。母亲跟爷爷商量了半天，才决定雇个麦客。

吃过早饭，母亲领着小麦客下了地。中午回来，母亲惊喜地连声称赞：“果然不孬，连我都撵不上他，不是他的对手哩！”

母亲做饭，小麦客也不闲着，一会儿到院里提桶水，一会儿帮母亲烧火。闲谈中，母亲知道，小麦客刚满 19 岁，老家在甘肃陇南，父母已去世多年，家里还有 70 多岁的爷爷和奶奶。小麦客两年前就离开了学校，跟着村里人一路向东来到我们这里当麦客。

麦子割了一半时，小叔从省城匆匆赶了回来。父亲要做手术,他是回来取钱的。母亲七凑八凑,卖了一头猪,才凑了 3000 元。送走小叔,母亲拿着剩下的 40 元钱对小麦客说:“我家男人要做手术，家里拿不出雇麦客的钱了……这是你的工钱,拿着另找一家雇主吧。”

小麦客没接钱,一脸诚恳地说:“大嫂,你家麦子熟透了,不能再拖了,就让我帮你割完吧。你家有难,工钱就先欠着……”

母亲一愣:“欠着?”

母亲不知道陇南在哪里，但母亲明白陇南离我们这里一定很远。母亲说:“欠账没有欠这么远的呀!”

小麦客说:“我明年还来，到时我上门来拿……”

母亲断然摇了摇头。

这时，一旁的爷爷说话了:“哪有半道上打发麦客的理儿?留下吧。工钱的事我想办法。赔上我这张老脸,还愁借不到几十元钱?”

爷爷借钱去了。东家 3 元,西家 5 元,总算凑够了小麦客的工钱。

小麦客要走的那一天，母亲起了个大早，烙了香喷喷的鸡蛋葱花饼。母亲去喊小麦客,连喊几声没人应。推开房门一看,里面空荡荡的,小麦客早走了。让母亲万分惊诧的是,叠好的被子上放着一沓钱,正是母亲昨天晚上交给小麦客的 80 元工钱……

母亲拿上钱撵出门去，问遍了村里早起的人，都说鸡叫头遍时麦客就结伴出了村，这会儿怕是到镇上的车站了。母亲呆呆地站在村口,一阵晨风拂过，吹落了母亲满眼的泪水。

第二年,麦客没来。

第三年,麦客还是没有来。

小婶说:“麦客的老家这几年也好起来了，男人们不用出门当麦客了。”母亲听后,有几分欢喜,也有几分失落。

一晃 30 年过去了。母亲也是快 60 岁的人了,常常念叨起当年的那个小麦客。母亲说:“他也是奔 50 岁的人了，该是老婆孩子一大家了吧?”母亲还说,“不知道他还记不记得咱家? 也不知道他还记不记得咱欠他的 80 元工钱……”

前年，甘肃陇南发生泥石流，伤亡惨重。那些日子，母亲坐在电视机前，看着一幕幕令人揪心的画面，老泪纵横。

我回城的头天晚上，母亲突然问我：“城里有没有捐款的地方？”我说：“有，到处都是。”母亲翻箱倒柜地找出个旧存折交给我。母亲说：“替我捐了吧。”我一看，存折上只有 80 元钱，存期已经 30 年。我明白了，这不就是当年我们家欠小麦客的工钱吗？这些年来，我们家也苦过、难过，可母亲硬是没动上面的一分钱。只是当年的 80 元，现在已变成了 600 元。

回城后，我添了 400 元，凑足 1000 元，以母亲的名义，郑重地捐给了甘肃陇南灾区。

乡村邻居

朱润科

自古以来的乡村邻居，一直感动着在太阳底下与土坷垃打交道的人们。

乡里人认为，“邻” 就是亲近的意思，“邻”更是手足之情。所谓“邻居”，就是你家的房紧挨着我家的檐，我家的门紧靠着你家的路，只是在两个小院的中间隔了一堵不算高的土墙，可两家人从来不分彼此。

春天，你家的几枝桃花开在了我家院里；秋天，我家的半树枣结在你家的窗户下。要是碰上阴雨天，你家院里的积水都从水道里排进我家院子里，从我家房檐上流下来的雨水浇垮了你家的半堵院墙。雨一停，你家帮我家排水，我家给你家垒墙，在说说笑笑中就把活干完了。如果赶到晌午，干脆两家合一家，吃上一顿家常饭。席间，男的对男的，女的和女的，小的找小的，说一说私房话，那阵阵的欢声笑语，比碗里的饭菜更香，比盅里的酒更醉人。

平时，你家的母鸡要是跑到我家的鸡窝里下了蛋，我家的人捡起来就趁热给你家送过去。我家的羊要是跑到你家的羊圈里，你家肯定是等把羊喂饱后才送过来。人是这样，家禽也是如此。要是别人家的公鸡非礼了你家的母鸡，我家的公鸡便挺身而出，为你家的母鸡讨回公道。就连养的狗都尽职尽责地看护好两家的门。

别说是逢年过节，平时吃饭时也不分你我，两家的男人和孩子，有时也包括女人们，一人端着一大海碗饭菜出来，往两家院门外的大槐树下一蹲，你吃我碗里的，我抢你碗里的，总觉得人家的饭比自家的香。吃得不过瘾的话，连个招呼也不用打，径直就自个儿进人家家里盛去了。你家的男人遇上闹心事了，我家的男人就陪你家的男人一起喝闷酒；我家的女人碰上伤心事了，你家的女人流的泪水比我家的女人流的还多。你家的孩子让人欺负了，我家的孩子就给你家的孩子撑腰。尤其是在夏天，如果你家的男人有事外出了，我家的男人情愿荒了自己家的玉米地，也要先锄掉你家的谷子地里刚露头的草。尽管有时因为两家的孩子也闹点小别扭，但谁家也不记隔夜仇。可是在外人面前，有人要是给自己的邻居脸色看，那可不行。

乡村邻居同饮一个井里的水，同吃一片地里的粮，两家的老少成天在一起，你家不会的我家就手把手地教会你家，我家不知道的你家就嘴对耳地讲给我家听，慢慢地，连两家人的衣食住行、吃喝拉撒、酸甜喜好、一招一式都有点像了。只要是有一家提前放学跑进院的孩子亲亲地叫上一声："娘——"两家的屋里就会异口同声地脆生生地答应道："哎——"无论是哪家的男人半夜归来，只要是在院门外咳嗽上一声，两家的女人就同时点亮了屋里的灯。

乡村繁衍着邻居，邻居壮大了乡村。两家长大的孩子漂洋过海了，两家老人的心越靠越近了。邻居是乡村的希望，乡村是邻居的衣食父母。没有邻居就没有乡村的昨天、今天和明天。没有乡村的邻居就是没娘没爹没有家可回的孤魂。自古到今都要叶落归根。老人不在了，还有那藕断丝连的邻里情。

一坛乡情煨酒

简心

立冬一过，日头便蔫不唧儿的，村坊里家家开始做酒，准备过年。

母亲将几桶用山泉浸好的糯米搓洗干净，倾于竹箕滤水，然后倒入大甑。旺火架起，糯香满屋，细伢子们立刻被糯香吸引了过去。开甑了，团团雾气里，软糯的饭粒晶莹可见。母亲庄重地洗了手，先舀一大碗糯米饭供于灶台上，这是敬灶神奶奶；然后又认真地舀出满满几大碗，叫我们端给屋场里的叔伯大婶们尝鲜。终于轮到我们了！母亲微笑着，两手往冷水里轻蘸一下，挖一勺饭入手，嘴里"咻咻"有声，轻巧掂掇几下，眨眼间，像变戏法一般，一个个热气腾腾、清香玲珑的小糯米饭团就出来了。我们像得奖一般争先恐后捧了去，大口享用，觉得世上最美味的东西莫过于此。

随后，母亲将大甑抱起，端到天井沿的酒架上，舀起山泉往甑中一瓢瓢淋下去，直到糯米饭变得温热，不再烫手，才洒上酒药，拌匀，装进一个早已洗净晾干的大酒坛。此时，母亲又在糯米饭中挖一小穴，成酒窝，封扎坛口，放到厢房里，用稻草或棉絮包捆好坛肚。几天工夫，酒香便一阵一阵溢出。

三天后的酒叫"三朝酒"。揭开酒封，窝里酒液清冽如泉，家里称作"酒娘"，而糯米饭却已然化成了酒糟。这时，酒糟甜美，酒娘醇厚，蘸在手上黏糊糊的，好吃得很。酒娘这东西，不会喝酒的人往往喜欢，好酒的人反而嫌它太嫩、有奶腥气，非等到酒劲老烈、酒性雄厚，舀出一大壶烫了喝，才觉得过瘾。

我自然喜欢甜嫩的酒娘。那时日子清苦，乡下根本没什么零嘴可吃。嘴荒的我便天天想着那一大缸酒娘。一天晌午，父母还在田里干活，哥哥领着妹妹更是玩得不见影子，灶膛里连个火星子也没有。我饿极了，便跑进厢房，从酒坛里狠狠挖了一粗瓷大碗的酒娘，美滋滋地吃了个痛快。不料过了片刻，便觉屋顶团团打转，四周像井水一样一浮一晃的，脚下像腾了云，怎么也踩不着地……等父母回来，我早已在一张长条大板凳上醉成一摊烂泥。一直到晚上醒来，我仍是头昏眼花，脑涨欲裂。从此，我晓得了酒娘的厉害，再也不敢贪吃。

一个月后，酒娘汩汩溢出。冬至那天，母亲将山泉水烧开，凉透，兑入酒中，从此封坛过冬。

"今日淋灰水，明日打米口，后天就过年！"细伢子们总是这样一边唱着歌谣，一边掰着手指头盼着过年。年夜饭是我们盼了一年的美餐。除夕，全家团坐，如豆的灯下，母亲将滚烫的水酒从灶上提来，一碗一碗筛满……澄黄、甘醇，这是上好的水酒！一阵阵爆竹声中，父亲轻轻端起一碗热酒，含笑环视我们，将一年的艰辛一饮而尽。

“男子佬喝正月，妇娘子喝坐月。”大年初一至十五是村人们互相串门拜年的日子。初一一大早，吃过酒娘蛋，父亲便穿着新衫出门去拜年。母亲则蒸好各色腊味，一一切片，装满九龙盘，端出口子，再烫上几壶水酒，等着叔伯兄弟登门拜年时品尝。酒过三巡，尝遍腊味、口子，客人们纷纷夸奖母亲的好手艺。母亲再去添酒，座上的客人便用手遮碗，连说：“不要了，不要了，你这酒太好，会醉。”母亲便笑吟吟一手提壶，一手抢过碗道：“哪里哪里，我这井水近着呢，多少加一点，给你添福添寿！”于是又是一大碗。“井水近”是女人们劝酒的谦词，是说自家的酒淡得像井水，客人不用担心，挑水近着呢！喝得脸红脖子粗时，男人们开始划拳：“高升呀——两相好呀——四季发财呀——五魁首呀——满堂红呀——”声音在屋子里炸开来，田垄里的春天便“嘤嘤”笑了，酒香和着瑞气飞满油菜地。

正月，水酒的高潮在耍龙灯的夜晚。龙灯从几里外的宗祠里出来，一天去一个村寨。轮到我们村，隐隐听见锣鼓声和唢呐声从山外传来，细伢子们立刻飞奔出门。“还早哩！”父亲不紧不慢地取出爆竹，接着收拾敬龙神的香火篮子。母亲早已在灶房忙得团团转，要招待舞龙灯的宗亲吃饭呢！水酒要用大壶烫足，鸡鸭鱼肉要用大盘盛满，黄元米要炒得金黄油亮，各色腊味要一碟一碟切得厚薄均匀……龙灯远远地进村了！村头那几家抢先点起爆竹，火红的龙灯挨家挨户进去参神，主人点亮香烛，双手高举装了猪头肉的香篮，率全家老小对着龙首磕头参拜，再举一杯水酒洒地，算是敬了龙神。吹吹打打间，龙灯最后在我们屋场里停住，锣鼓和唢呐息了声。各户男人们、细伢子早已追着龙尾过来，屋场立刻爆满。男人们纷纷上前敬烟递火，邀请耍龙灯的宗亲到家里吃饭，欢声笑语，好生热闹。我和细伢子们则穿来串去，这里摸摸，那里看看，怯怯地扯下几根龙须，打飞脚回家，一一挂在灶门、猪栏门上。据母亲说，这样可保佑一家没病没灾、六畜兴旺。

几小时后，锣鼓唢呐声重新响起，耍龙灯了！村人们陆续聚拢，耍龙灯的人早已个个喝得不识天南地北、脚下腾云。他们借着酒劲，摆开架势，大鼓擂起来，唢呐吹起来，龙头跃起来，龙身腾起来，龙尾摆起来……爆竹飞鸣，火花呼啸，人声鼎沸，整个村子在醉意中奔腾、飞舞、摇晃……

家乡人办喜事都称“做酒”，比如做寿、嫁娶、迁新居、婴儿满月……可见水酒的主角地位。酒，是“神洁之物”，酒的好坏常常被认为预示着主人的运程。要做酒了，女人们必须月事干净，锅台灶器要洗刷干净，装酒的大缸要先放进水里浸泡几天，然后用稻草仔细擦拭，内里还需用火熏过。做酒不发请柬，看好日子，东家便向亲戚放出口信：“我家某月某日有喜事，到时请你来喝一口淡酒。”亲戚晓得后，与朋友、族人互相传告，用心记着。这一天，四面八方的人都赶来喝酒。礼金一般是象征性的，会去，便是交情，关系不好的是断然不上门的。酒席坐了多少桌，坐得满不满，便是东家在村里为人处世、人面阔不阔的体现。

记得我出嫁的那天，母亲起了个大早，挥着大扫把将门前屋后扫了个遍，然后换上干净的衣衫，将厢房里的水酒一坛一坛搬出，坛口一一扎上荷叶，倒上几大筐秕谷和木梓壳埋住坛身，再往壳堆里埋进炭火，不一会儿，青烟袅袅，梓香飘荡……这便是煨水酒了！正午，亲戚朋友到齐，屋里屋外充满了欢声笑语。水酒煨熟，母亲扯开荷叶，将水酒一壶一壶提上桌子，酒香霎时飘满村子……后来母亲告诉我，那次很多男人们喝得走路扶墙靠壁，几天后才从床上爬起。如今，我偶尔回乡去，遇见那些老成酒糟似的男人们，他们还直拍脑门：“哎呀——你的细伢子都这般高了！嫁你的时候，酒太好了，又香又烈又上口，后劲大着哩！把我害苦了……”我听了就笑。

是啊，家乡的水酒莫不如此，又香又烈又上口，后劲大着哩！这酒劲可是接了天地之气，用一坛坛乡情，加上炭火，天长日久煨出来的。

可是，我的家乡在水酒里，水酒的家乡去了哪里呢？如今，那些村子已嫁到城市，水酒又嫁到哪儿去了？

老安

王更登加

老安54岁，已在这个小村校猫了36年。

老安始终是个民办教师。

老安是村校里的第一个教师，也一直是村校里年龄最大的教师。后来村校渐渐有了规模，学生多了，一些科班出身的年轻教师陆续补充了进来，于是，老安又成了全校学历最低的教师，成了一些自命不凡的年轻教师揶揄、嘲弄、挖苦的对象。每当遭到比自己小的年轻人的轻慢，老安总是呵呵地笑、默默地抽烟。有时别人闹得太过分了，老安和善的脸上也会微显愠色，起身走出门去，背着手在校园的空阔处转上半天，那沉穆中略显落寞的身影，像一块浓重的阴影在那里移来移去。

老安在学校受到排挤除了没学历，另一个重要原因是工作认真得近乎刻板。别人忙的时候他忙，别人休息了他还在忙。老安只要在学校，他的身后总是跟着一帮拖鼻涕的孩子，老安不厌其烦地指点这个、训导那个。小孩子事多，老安事事操心，时时忙碌，大呼小叫，热闹非凡，常惹得那些工作拖拉、爱投机取巧的同事频频侧目。老安我行我素，每天清晨第一个到学校，傍晚最后一个离开，结果是引来更多的冷嘲热讽。

老安年年带学前班，他带出的学前班升入小学后基础扎实、水平不相上下，教起来顺手、省心。大家年年都要争着带一年级的课，只是学前班不列入学区统考，老安的成绩上面看不见，先进年年没有他的份儿。

老安的教案写得一板一眼，别人借他的教案当范文大抄特抄的同时，也会佩服地动动嘴说："这个老安，教书还的确有点门道！"

也有人说，老安这样拼命折腾不就是想转个正吗。老安听了不置可否地笑。

老安好酒，他好像就这么一点爱好。这倒使我和老安有了一点臭味相投的机缘。周末我们便常在我的宿舍小酌。老安说话总是那么平和、沉稳，酒醉后也说不出过激的话来。老安最爱说的一句话是："咱尽量把娃娃们教好，就对了。"

这个老安，真是好脾气。

有些空闲的夜晚，我也常寻到老安家去混酒喝，就见他跪坐在低矮的土炕上，斜倚了小炕桌，在昏暗的灯泡下埋头批改作业。老安总有改不完的作业，常把作业拿回家去批改。老安患有严重的近视，他说：“眼睛全费在作业本上了。”我说你安个亮点的灯泡啊，老安不好意思地笑笑说：“费钱。”

老安家穷，从住的几间破旧土屋和屋里简陋的陈设就看得出来。老安家人口多，父母俱在。老安的儿子学没上成，做父亲的一直想给儿子谋个轻松一点儿的差事，开杂货铺，买车跑运输，折腾了好几年，都无果而终，倒是债越来越多。老安每月 45 元的工资近乎于无，儿子还在东颠西簸地打拼，全家就靠他老婆种的几亩薄田、饲养着 10 多只山羊过活。老安常落妻儿的埋怨。老安老婆总骂他呆得像木头人，要是老早就不教那破书，像别人家一样养牛养羊的，家境也不会烂成这副模样。老安无语。

别人也常劝老安退了吧，给家里帮把手，也算帮儿子一把，再说民办转正也是个没指望的事。老安仍是他的老道理：“舍不下！几十年了，猛地丢开娃娃们，心里闷得慌。”

在家和学校都一副鸟样的老安，在山村中却享受着令人嫉妒的尊崇。老安教了这村庄的几代人，老老少少一见面，安老师长安老师短地叫个不停。老安的学生中，走出山村的很多，上到达官贵人，下到贩夫走卒，三教九流都有。这些人回乡来，总爱来学校和老安拉呱几句。这时候的老安就好像换了一个人，一改往日的木讷，滔滔不绝地向我们介绍这是谁谁谁，小时候如何如何，现在又怎样出息了。老安说这些话时，有着掩饰不住的荣耀。

我在那山旮旯混了三年，然后离开。老安赶来给我送行，嘱咐我：“啥时候都给娃娃们把书教好。”

前不久在街上碰到来县城办事的老安，他好像突然间老了许多。寒暄几句，说他已经退休了，心里急得很，没事常去学校转转。看着头发花白的老安佝偻着的瘦小身子在人群中消失，我突然感到心上多了一份沉甸甸的东西，压得我有点喘不过气来。

想起一次老安让我帮他写述职报告，我写了这样的话：30 多年来，本人不图名不图利，甘为人梯，默默奉献，扎根在偏远农村小学的教学岗位上，把自己大半生的心血无私地献给了党的教育事业……老安看后激动了半天。现在想来，这些唱高调的颂词，老安大约也是当之无愧的吧？

老安呀老安！

姥姥和奶奶的战争

郭爱萍

奶奶今年 91 岁，姥姥 80 岁。

我是姥姥一手带大的，小时候，我对奶奶没有特别的记忆。

奶奶不喜欢东北人，而我的母亲恰恰是她唯一的东北媳妇。不记得她抱过我，只感觉她缠足后的小脚远没有姥姥搪瓷缸里的假牙可爱。

爷爷病逝后，奶奶被父亲接到我家。也许从那时起，血浓于水的亲情开始慢慢渗透。能听懂奶奶的山东话时，我已经在外上学，没有什么时间来了解她的喜好。每次回去，虽然是买两份同样的东西，但也都是姥姥喜欢的。

姥姥从来不在我家吃饭，她说不愿意端别人家的饭碗。每次看见奶奶正襟危坐在炕头，就会小声嘟囔：“你奶奶这个小脚老山东棒子，底气还挺足呢。”

那年回去，我给奶奶买了一盒蛋糕。奶奶喜欢甜食，姥姥正相反，可姥姥就是不能容忍奶奶那种得意的神情，就好像她辛苦栽下的树被别人轻易摘了果实。姥姥像个孩子似的噘着嘴生气，骂我是白眼狼。

后来我学乖了，干脆给钱，回来后却发现那些钱都原封不动地放在包里。我知道她们要的其实不是钱也不是物，不过是我能常回去看看而已。

姥爷去世后，姥姥迅速衰老，身体远没有奶奶硬朗，耳聋眼花，步履蹒跚，性格也越来越像个孩子。

去年的正月初九，是奶奶的 90 大寿。奶奶让我去找姥姥，可是姥姥就是不肯来，她说奶奶是借机炫耀她已经五世同堂。而姥姥才四世同堂。然后她又大声地抱怨说我给她照的相片没有奶奶的清晰，还赌气把奶奶的相片放在相框最下边。第二天，奶奶踮着小脚要拿回去，姥姥便用胶布把相框封起来，两个人像孩子似的在那里争论不休，看得我们哭笑不得。后来奶奶说她要回山东了，相片就留给姥姥做个纪念吧。姥姥听后沉默半晌说：“你都老掉渣了，火车都不让你上，再说了，哪里的黄土不埋人，你这把老骨头就扔东北算了。”

“那可不成，叶落归根，火车不让坐，我就坐飞机回去。”奶奶立刻反驳。“那你可真成这世上最老的候鸟了。真要回去也得等哪天咱俩一起去镇上，重新买一套衣服，以前的都过时了。”说完两个人都不再说话。母亲在一边小声说：“你们不在家的时候,她俩可好了,怎么你们一回来她们就开始‘明争暗斗’了。”

其实我们知道，她们是想用这样的方式引起我们的注意和重视，而我倒希望她们真的能成为两个老小孩。这样,辛苦了一辈子的她们就不用再为那些孙子孙女操心了。

走的时候，我分别亲吻了姥姥和奶奶满是皱纹的面颊。

回来后我一直在网上寻找老年人的衣服,却发现寥寥无几,偶尔有几件,也难得有一模一样的。惹得店主打来一串怀疑的问号：你为什么一定要完全一样的呢?

他哪里知道,如果不一样,就会在两个老掉牙的老太太之间引来一场老小孩之间的战争;而在我心里,至亲至爱的她们早已不分薄厚,完全一样。虽然奶奶缺席了我的童年,可我却不能缺席她的晚年。感谢老天让奶奶长寿,让我人到中年后,看见她眼里和姥姥一样慈爱的目光。人生迟暮，我能做的就是常回去看看，哪怕是挑起她们的战争也是一件幸福的事。

这世上没有两片完全相同的树叶，可我却一定要买到完全相同的东西，送给还在这世上牵挂我的她们。